로크미디어가
유혹하는
재미있는 세상
ROK MEDIA
로크미디어

이것이 삶이다

이것이 법이다 151

2023년 1월 6일 초판 1쇄 인쇄
2023년 1월 11일 초판 1쇄 발행

지은이 자카예프
발행인 김정수 강준규

기획 이기헌 왕소현 박경무 강민구 조익현
책임편집 최전경
마케팅지원 이원선

발행처 (주)로크미디어
출판등록 2003년 3월 24일
주소 서울시 마포구 마포대로 45 일진빌딩 6층
Tel (02)3273-5135 **Fax** (02)3273-5134
홈페이지 rokmedia.com **E-mail** rokmedia@empas.com

값 9,000원

ISBN 979-11-408-0285-2 (151권)
ISBN 979-11-255-9575-5 04810 (세트)

이것이 법이다

151

자카예프 장편소설

이 소설은 픽션입니다.
등장하는 인물 및 지명 등은 현실과 연관이 없습니다.
또한 소설 내에 나오는 법이나 법리 해석의 경우에도 대중문학의 극적 전개를 위하여 일부분 과장되거나 변형된 것이 존재하니 실제 법과 혼동하지 않으시길 바랍니다.

CONTENTS

조직은 바뀌지 않는다 7

자식을 위해서 49

세상을 보는 시선 89

누구나 계획은 있다,
처맞아 보기 전까지는 131

아는 게 없네…… 165

공무원이 공무원이지, 뭐 189

님 이제 좆 된 듯 221

선 넘네? 241

권주가 싫다면 벌주다! 281

조직은 바뀌지 않는다

안기부에서 국정원으로 바뀐 지는 오래되었다.

그렇다고 해서 그 본질이 바뀌었느냐?

노형진은 단호하게 아니라고 말할 수 있다.

왜냐하면 개혁할 때 가장 문제가 되는 게 바로 업무의 연장성이기 때문이다.

어떤 조직이 개혁한다고 기존 인원을 싹 다 갈아 치우면 일할 줄 아는 사람이 없어진다. 당연하게도 그런 경우에는 조직 자체가 제대로 굴러갈 수 없게 된다.

하물며 일반 작은 회사나 조직도 그런데, 정보 조직이라고 하면 더하면 더했지 결코 덜하지는 않을 것이다.

따라서 안기부가 국정원으로 바뀌었을 때에도 당연히 이

름만 바뀌었을 뿐 대부분의 구성원들은 그 자리를 유지했다.

물론 임명직은 바뀌었지만 그렇다고 해서 안기부라는 조직의 성향이 바뀌지는 않은 것이다.

"당연한 거죠……. 군사 쪽 업무를 하니까 아시겠지만 인간은 권력을 탐합니다. 그리고 애초에 안기부는 그런 권력의 핵심이었습니다. 사람 하나 납치해서 고문하고 죽여도 빨갱이라는 이름만 뒤집어씌우면 끝이던 시절이 있었으니까요."

"으음……."

박호산은 노형진의 말을 부정할 수가 없었다. 실제로 그건 사실이니까.

"애초에 안기부도 중앙정보부에서 이름만 바꾼 거 아닙니까?"

중앙정보부의 목적이 뭘까? 국가 수호?

애석하게도 중앙정보부의 정치적 목적은 국가 수호가 아니라 정권 수호였다.

중앙정보부가 지배하던 당시에 한국은 분명 북한보다 못살았다.

지금은 북한과 비교도 할 수 없는 수준이지만 그 당시의 북한과 한국은 지금의 정반대였다.

만일 중국과 미국을 빼고 일대일로 붙는다면 필패할 만큼.

"그래서 그 당시 중앙정보부는 북한이 아니라 한국 내부를 단속했지요."

왜냐하면 그게 편하니까.

마치 중국이 지금 자국 내에서 한국 문화를 기를 쓰고 막아 내려고 하는 것처럼 말이다.

"그리고 그 문화는 계속 내려옵니다. 저는 그걸 정치적 유전성이라고 부릅니다."

"하지만 시간이 이렇게 오래 지나지 않았나?"

"기본이 바뀌는 경우는 절대 없습니다. 제가 사람을 고쳐 쓴다는 말을 싫어하는 이유 중 하나고요. 당장 똥군기가 군대를 수십 년 동안 갉아먹었습니다만, 고쳐졌나요?"

"……."

말로는 한국 군대가 좋아졌다고, 이제 선진 군대라고 하지만, 여전히 개떡 같다.

과거에 비해 나아진 건 부정할 수 없지만.

"하지만 여전히 한국의 전력을 깎아 먹고 싶은 놈들이 권력을 쥐고 있지요."

"그 정도까지야……."

"그 정도까지야가 아닙니다. 솔직히 말씀드려서, 한국군이 시가전에 들어가면 생존 확률이 얼마나 될 것 같습니까?"

"……."

"북한과 한국이 전쟁이 들어가면 30%는 시가전일 겁니다. 그리고 사망자의 80%는 그 시가전에서 나올 테고요."

북한군은 개활지에서 절대 한국군을 못 이긴다. 그들이 선택할 무기는 국민들을 인질로 시가전을 하는 것뿐이다.

북한의 수많은 준군사 집단 때문에 시가전에서 적아를 구분하는 건 거의 불가능할 거다.

"그런데 지금 장군들은 제대로 훈련도 안 하죠."

솔직히 한국군의 시가전 교리는 2차대전에 멈춰 있다. 그마저도 훈련조차 하지 않고 있고.

군 생활 중에 시가전 훈련을 받은 사람은 거의 없다시피 하다.

아니, 그냥 시가전을 해 볼 최소한의 공간 자체도 존재하지 않는 수준이다.

"그것뿐인가요? 당장 한국에서 총기에 장비를 달면 반역자 취급당합니다. 아십니까?"

"후우, 그건 그렇지."

"장군들이 자기 목숨 아니니까 허락하지 않는 겁니다."

"하지만 그게 장비가 한두 푼도 아니지 않나?"

"누가 사 달랍니까? 그저 막지 말아 달라는 겁니다."

당장 총에 도트 사이트 하나만 달아도 병사의 생존 가능성은 몇 배로 뛴다.

일반적으로 가늠자로 조준해서 쏘는 데 걸리는 시간은 6초 내외. 하지만 도트 사이트가 있다면 2초 내외, 레이저 포인트가 있다면 1초 내외다.

"그럴 거면 신형 소총은 왜 만들었답니까?"

그 말에 박호산은 쓰게 웃었다.

한국의 신형 소총은 분명 현대의 대세를 따라 레일을 설치해서 장비를 부착하게 해 놨다.

그리고 일선 부대에 지급하고 있다.

그게 의미하는 게 무엇이겠는가? 당연히 장비를 부착해서 생존율을 올리라는 거다.

"하지만 일선 장군은 병사 간의 위화감을 이유로 그걸 인정하지 않고 있지요. 이게 뭔 병신 같은 짓입니까?"

그런 장비? 물론 비싸다. 하지만 그게 아무리 비싸 봤자 사람 목숨보다 비쌀까?

"병사야 그렇다고 치고 장교도 못 달게 하지 않습니까?"

병사야 어차피 오래 있을 사람 아니니까 그리 신경 쓰지 않겠지만 장교는 아니다. 그들은 전쟁이 터지면 자기 목숨을 걸어야 하는 사람들이다.

"그런데 그들의 장비 구입 허가 요청에 국방부는 위화감 운운하면서 거부했지요."

심지어 특전사조차도 장비를 설치할 수가 없다.

전 세계에서 특수전을 담당하는 병력에 레일 장비를 안 주는 건 최빈국들뿐이다.

심지어 북한도 소수의 특수전 병력에 장비를 제공한다.

그런데 한국은 그것도 사지 말란다.

자기들이 먹는 것에 손대면 눈깔이 뒤집어지면서 뇌물 받는 건 생계형 비리라며 옹호하고, 일선 병력의 전투력 향상에는 결사반대를 외치는 것이다.

"애초에 군인의 지향점은 전투력 향상입니다. 위화감 운운은 군인이 아니라 정치인이 할 말이고요. 그렇다면, 군도 그 지랄이 났는데, 태생부터 정치적 목적을 가진 국정원이 진짜 조국의 수호와 민주주의 보호를 위해 일할까요?"

그럴 리가 없다.

수십 년 동안의 역사를 보면 중앙정보부도 안기부도 국정원도, 결국은 권력을 추구했다.

"국정원의 표어가 '음지에서 양지를 지향한다.'였다면서요? 솔직히 말씀드리면 말입니다, 제가 봤을 때는 그것보다는 뒤에서 대한민국을 지배한다는 게 표어에 맞다고 생각합니다만?"

"……."

옛날부터 개혁적인 성향의 정치인들이 갑자기 이상한 일에 휘말려서 죽거나 실종되거나 증거도 없는 추문에 휘말려서 정치 인생이 끝나는 경우가 엄청 많았다.

전직 대통령에게도 그 지랄을 하는 놈들이, 과연 지금 깨끗하게 국가를 위해 정보 업무에 집중할까?

그럴 리가.

"그래서 자네가 하고 싶은 말은 뭔가?"

"이 사건의 범인은 국정원의 맨 위쪽일 거라는 겁니다. 연차를 봐도 그게 정상이고요."

"연차라……."

틀린 말은 아니다.

국장이야 어차피 정권이 바뀌면 매번 바뀌는 사람이니 아닐 테고 아마도 부장급, 또는 그 이상.

"문제는 제가 그들이 누군지 알 수 없다는 거죠."

알려고 한다면 못 알아낼 건 없다.

아마 CIA에 부탁하면 국정원 요원의 신상뿐만 아니라 선호 색깔까지 알아봐 줄 거다.

'하지만 그러면 아무래도 일이 커지지. 결정적으로 국정원 기조가 바뀌는 걸 미국은 바라지 않아.'

"범인을 찾고 싶으시다면 그 정보가 필요합니다."

노형진은 그렇게 말하면서 박호산을 바라보았다.

"그리고 제 생각이 맞다면 아마 박 대표님은 대충 감이 오는 사람이 있을 텐데요."

이 사건은 박호산의 우산엔지니어링이 부품을 국산화하면서 해외 기업으로부터 뇌물을 받아 처먹던 놈들이 돈을 못 받게 되면서 시작된 거다.

"그리고 대부분의 경우에 처음부터 보복으로 납치나 살인을 하지는 않지요."

어떤 식으로든 접근한 자가 있을 거다. 그리고 그는 포기하라고 했을 거다.

솔직히 일선 정치인이나 장군이 직접 찾아와서 하지 말라고 하지는 않았을 거다.

결국 남은 건 얼굴이 알려지지 않은 국정원 정도다.

"왜 그렇게 생각하나? 장군이나 정치인이 와서 했을 수도 있지 않나?"

"결국 국산화에 성공하지 않으셨습니까?"

"그건 그러네만."

"그게 의미하는 건 하나죠. 국가와 그들의 의견이 달랐다."

애초에 국가에서 국산화 계획이 없다?

그러면 일본산 장비보다 열 배쯤 좋은 물건을 만들어 내도 절대로 그걸 상용화하지 못한다.

실제로 역사를 보면 그런 제품들이 종종 있다.

질이 나쁜 건 아닌데 정부 또는 대기업에서, 작은 중소기업 거라고 안 쓰는 거다.

"그건 나라에서 국산화를 밀어줬다는 소리거든요. 그리고 말입니다, 정치라는 건 적군이 있으면 아군도 있는 법입니다."

당장 노형진이 폭탄을 터트려서 두 정당이 싸운 것처럼, 그게 터진다면 정치계에 미칠 여파는 상상조차 할 수 없다.

더군다나 안기부 시절에는 대통령의 말 한마디에 누군가의 인생이 끝났다.

지금도 정치인들이 돈 받아먹는 거야 뻔하지만 그때는 일선 학교 선생들도 촌지를 요구하던 시절이라 죄가 없는 인간이 없었으니, 그걸 공개해서 몰고 가면 그대로 인생 조지는 거다.

"이미 전직 총리가 막지 못했다는 걸 알고 있습니다. 그가 막지 못할 정도의 윗선이라면 하나뿐이죠."

대통령.

그리고 아무리 그 당시 안기부가 막 나간다 해도 대통령의 말을 무시할 수는 없다.

"나는 아무런 말도 안 했네만……."

박호산은 거기까지 말하고는 심호흡했다.

"마치 모든 걸 본 것처럼 말하는군."

"간단한 추론입니다."

"추론이라……."

그 말에 박호산은 쓰게 웃었다.

그리고 다시 한번 심호흡하고는 그 당시에 있었던 일을 이야기했다.

"사실대로 말해 주지."

그 당시 대통령은 무기의 국산화를 서둘렀다. 실제로 그 당시 대한민국의 분위기가 그랬으니까.

그런데 총리는 국산화를 반대했다.

기술이 입증되지 않았다는 이유였다.

"그리고 그 당시에 안기부 내부에서 누군가가 나를 찾아왔네.”

“누구라고 하던가요?”

“관우라고 하더군.”

“관우?”

“뭐, 안기부 아닌가?”

하긴, 국가의 이익을 버리고 자기 이익을 얻기 위해 오는 놈이 자신의 실명을 댈 리가 없다.

“나에게 국가의 안전을 위해 국산화를 포기하라고 하더군.”

“그래서요?”

“웃기지 말라고 했지.”

당연히 거절, 그리고 당신이 안기부 요원이 맞는지 확인하기 위해 정부에 문의를 넣겠다고 했다.

“그러자 나를 공격하더군.”

그리고 도주. 얼마나 잽싼지 도주를 막지 못했다.

“영상 같은 건 없나요?”

“그 시절의 CCTV는 질이 안 좋았네.”

더군다나 그것까지 감안한 건지, 말하는 내내 모자와 마스크, 선글라스까지 쓰고 있었단다.

‘복수를 생각할 만하네.’

협박에 굴하지도 않고, 그것만으로도 부족해서 정부에 알리겠다고 하니까.

"그렇다고 내 딸을 납치하는 짓까지 할 줄은 몰랐지만……."

"관우라는 이름이 진짜일 리는 없고."

결국 누군지 알 수는 없다.

"결국 국정원에서도 누군지 알 수 없다고 하고……. 사실 내 아이를 납치한 놈이 누구인지도 모르는 상황이니."

"저는 아마 그 죽은 요원이 범인일 거라고 생각합니다."

"박 요원 말인가?"

"아십니까?"

"내 사건을 조사하던 사람이니까. 그런데 왜 죽인단 말인가? 조사 결과도 제대로 나오지 않았는데."

"그래서 죽인 겁니다."

요원의 배치는 안기부의 소관이다. 그리고 사건을 감추는 일을 가장 잘하는 사람이 누굴까?

"설마……."

사건을 일으킨 놈이 가장 잘할 거다.

실제로 사건은 결국 해결하지 못했다.

"하지만 왜? 결국 진실이 드러나지 못했는데……."

"제가 봐서는 그게 문제가 된 것 같습니다. 뭐, 개인적인 생각입니다만."

"개인적인 생각이라고 한다면……?"

"안기부에는 미결이라는 게 없습니다. 그 당시에 사건을 해결하지 못했다. 실적이 없다는 것은 단순히 욕만 먹는 걸 뜻하지 않습니다."

특히 안기부 같은 정보 집단은 그런 성향이 더 강하다.

"이 사건은 대통령도 관심을 가졌던 겁니다. 그런데 그런 사건에 범인이 없다? 안기부 스타일이 아니죠."

안기부 스타일은 일단 아무나 납치해서 고문하여 범죄를 실토하게 만든 다음 바로 사형시켜 버리는 거다.

그러면 대통령의 분노를 잠재울 수 있고, 자신들도 혐의에서 완전하게 벗어날 수 있다.

"그런데 그렇게 하지 않았지요."

물론 진짜 범인이 나타난다고 해도 바뀌는 것은 없지만 말이다.

"제가 봐서는 그 범인 노릇을 한 수사관이 양심의 가책을 느낀 게 아닐까 싶습니다."

양심의 가책이 시작되면 범인을 만들어서 데려가지 못한다. 그런 짓으로는 결코 양심의 가책이 사라지지 않으니까.

"설마……."

"어쩌면 변절해서 사실을 공개하려고 했을지도 모릅니다."

그리고 그 결과가 국정원 입장에서는 아주 부담스러웠을 것이다.

"특히 공식 작전도 아니고 개인적인 복수가 목적이었다면 더더욱 부담스럽겠지요."

대통령이 알게 된다면 곱게 죽지는 못할 테니까.

"그래서……."

"제 추측은 그렇다는 겁니다."

물론 틀릴 수도 있다. 모든 것이 추측대로 굴러가는 건 아니니까.

"하지만 그래도 국가기관에서 사적 복수를 그렇게까지 하려고 할까?"

"하죠. 저는 생각보다 많이 봤습니다만."

권력을 가진 자의 사적 복수? 흔하다 못해 썩어 넘칠 정도다.

한국에서 사적 제재는 불법이라고 이야기하지만 권력자에게 법은 자신의 아래다.

일개 지방은행 지점장이 당당하게 헌법이 자기 아래에 있다고 말할 수 있는 곳이 이 대한민국이라는 나라다.

정치권에서 의문사에 대한 이야기가 나온 게 한두 번이 아니었지만 한 번도 제대로 수사한 적이 없다고 봐도 무방하다.

"상황을 봐서는 국정원 내부에 의심스러운 놈이 분명 있습니다."

"그건……."

한참을 고민하던 박호산은 결국 뭔가 결심한 듯 입을 열었다.

"그렇다면 의심되는 사람이 한 명이 있네."

"누굽니까?"

"장수강 부장. 차기 부원장 소리를 듣고 있는 사람이지."

"흠……."

원장은 보통 위에서 내려온다. 아래에서 일하던 사람이 올라갈 수 있는 자리는 부원장까지.

그렇다면 사실상 국정원 내부에서 아주 핵심적인 영향력을 가지고 있는 사람이라는 거다.

"그런데 그 사람이 왜요? 혹시 개인적인 친분이 있습니까?"

"아니, 아니네. 개인적으로 알고 지내는 사람은 아니야. 듣기만 했지."

"그런데 왜……?"

"그 사람이…… 소문난 일본통이야."

"일본통?"

"정보 라인도 모든 걸 잘할 수는 없으니까."

요원들은 각자 잘하는 나라가 있다.

"일본통이라……."

이건 단순히 그 나라에 대해 잘 안다고 해서 끝날 일이 아니다.

왜냐하면 일을 잘하고 정보를 잘 가지고 오거나 그쪽과 선이 닿아 있다는 것, 그 자체만으로도 그 사람에게 그쪽 인맥이 얼마나 많은지 보여 주는 거니까.

일반 일본인 백 명을 아는 것보다 일본 정치인 한 명을 아는 것이 훨씬 값어치가 있다.

'아, 그러고 보니 일본 극우는 한국에서 키워 줬다는 뉴스가 있었지.'

일본 극우 세력에 국가 기밀까지 넘겨주면서 키워 준 게 바로 한국의 국정원이라는 뉴스가 있었다.

지금이야 아직 공개되지 않았지만 말이다.

실제로 그 과정에서 일본 극우 세력에 국가 기밀부터 돈까지 별의별 것을 다 제공했고, 심지어 국정원 요원 한 명은 변절해서 그쪽에 가서 한국을 욕하고 있다.

'상식적으로 말이 안 되는 거지.'

그리고 그런 경우 따라오는 위험부담이 하나 더 있다.

"이중 스파이를 의심하시는 겁니까?"

그 말에 박호산은 고개를 흔들었다.

"나는 기술자 출신일세. 이중 스파이니 뭐니 하는 거 잘 몰라. 다만 나한테 안 좋은 감정을 가지고 있다는 이야기만 전해 들었네."

노형진은 그 말에 턱을 문질렀다.

굳이 그가 박호산에게 안 좋은 감정을 가질 이유는 없다.

박호산은 기술의 국산화를 이끌어서 국방비 절감을 이룩해 내고 군사기술을 한발 더 발전시킨 사람이다.

국가를 수호한다는 목적을 가진 국정원이 그런 사람에게

왜 굳이 적대감을 가진단 말인가?

'이중 스파이라…….'

확실히 가능성이 있다. 이중 스파이는 정보 업계에서 종종 있는 일이니까.

그리고 이중 스파이가 나중에 변절해서 돈만 주면 뭐든 하는 경우는 넘치고 넘친다.

정보는 기브 앤드 테이크다.

'일본 정치인들이 바보도 아니고.'

한국 사람들은 일본 정치인들이 바보라고 웃지만 그건 그들이 추구하는 게 일본의 성장이 아니라서 그렇게 보이는 것일 뿐이다.

그들이 원하는 건 자신들의 주머니를 채우며 확실하게 독재하는 것.

그래서 그런 짓을 하는 거다.

한국도 마찬가지.

일부에서는 부패해도 능력 있는 사람들을 뽑겠다고 하지만, 부패한 놈은 자신의 능력을 국가가 아닌 자신을 위해 쓸 뿐이니 그 결과 피를 흘리는 건 국민뿐이다.

그 산증인이 바로 일본이고.

"소주 한 잔 주면서 친하게 지내자고 할 수는 없는 일이니까 결국 거래가 있었다고 볼 수 있겠네요."

정보나 정치 업계 인물들은 그렇게 호락호락하지 않다. 철저한 기브 앤드 테이크.

당장 노형진이 중국에 만들어 둔 인맥 역시 그에 걸맞은 정보나 보상을 제공해야 움직인다.

우호의 상징으로 움직이는 정보 조직 따위는 없다.

"흠……."

이중 스파이든 아니면 배신자든, 확실한 건 그가 일본과 친하다는 거다.

'그리고 일본의 성향을 생각하면 결국 돈이지.'

일본은 모든 것을 돈으로 해결하고 싶어 한다. 그게 깔끔하니까.

전 세계에서 로비를 가장 열성적으로 하는 나라 중 하나가 바로 일본이며, 특히 한국 내부의 친일파 육성에 사활을 건다.

한국에 있는 친일파의 상당수는 그런 식으로 성장한다.

"하긴, 그런 놈들이 다른 사람도 아닌 국정원 요원에게 접근하지 않을 리가 없지."

노형진은 머리를 북북 긁었다.

"신고할 건가?"

"신고요? 그럴 리가요. 정보 업계 일은 우리가 어떻게 할 수 있는 게 아닙니다."

아무리 노형진이 능력이 있다 해도 그 세계 문제는 터치가 곤란하다.

하려면 못 할 건 없지만 그러기 위해서는 진짜 강력한 증거가 필요하다. 단순한 의심이 아니라 말이다.

"그리고 저는 변호사입니다. 이번 사건은 아동 납치고요."

"하지만 아무 증거도 없는데……."

증거가 없다.

이 지랄을 했어도 경찰이 이미 증거를 모조리 지웠을 거다.

그런데 국정원에서는 관련 자료를 놔뒀을까? 그럴 리가.

"아, 그건 그렇습니다만, 한국에 없는 거지요."

"한국에 없는 거라고?"

"네."

노형진은 고개를 끄덕거렸다.

한국에는 없다. 하지만 과연 다른 나라에도 없을까?

"하지만 미국도 이미 시간이 오래 지나서 모든 자료가 사라졌다고 하지 않았나?"

그래서 주선이 부모를 찾느라 고생했다고 이야기했다.

하지만 노형진은 그것보다 더 오래된 기록을 보관하고 있는 곳을 알고 있었다.

"아마 미국에서 증거가 나올 겁니다, 후후후."

⚖

얼마 후 미국의 드림 로펌에서 정보가 날아왔다.

노형진이 원한 정보는 간단했다.

그 당시에 주미 한국 대사관에서 일했던 사람들의 명단이었다.

-그런데 이건 왜 필요하신 겁니까?

"전에 말씀드린 그 사건 때문에요. 분명 부모를 찾아가 특정해서 입양하라고 사주한 놈이 있습니다. 그건 미국인일 수가 없지요."

노형진은 그놈이 누군지 찾아내려고 하는 것이다. 분명 그도 국정원 요원일 테니까.

-네? 하지만 이제는 그 사람이 여기에 없을 가능성이 크지 않나요? 주미 한국 대사관에서 일하던 사람이라면 공개된 사람인데, 그런 위험을 감수할 리가 없지 않습니까?

하이드 맥핀은 이해가 가지 않는다는 듯 물었다.

그런 짓을 드러난 사람을 통해 할 거라 생각하기 힘든 게 사실이니까.

하지만 노형진은 그렇게 생각하지 않았다.

"블랙 요원의 신상은 최고 기밀 등급입니다."

각 나라마다 요원들은 모두가 신분을 감추려고 한다.

"그리고 모든 나라는 자국 내에 스파이가 있다고 감안하고 움직이지요."

당연히 정보 요원들은 그것에 접근할 수 있는 사람으로 한정되어 있다.

"일반 요원이 블랙 요원의 정보를 빼돌려서 해외로 튀는 건 영화상의 설정일 뿐입니다."

진짜 높은 등급, 최소한 국정원의 부국장쯤 되지 않는다면 블랙 요원의 명단에 접근하는 건 불가능하다.

"실제로 그 당시에는 그런 명단이 전산화도 안 되었고요."

최고의 보안은 전산화가 아니라 종이다.

한정된 공간에 보호할 수 있고, 접근할 수 있는 통로도 한정할 수 있으니까.

"그 당시에 장수강은 일반 요원이었습니다."

일본통이라서 나름 잘나갔을지는 모르지만 그래도 일반 요원은 일반 요원. 그런 사람이 블랙 요원에게 접근할 수는 없었을 것이다.

그렇다고 다른 요원을 보낼 수도 없다.

그런 자리에 있지도 않았거니와, 안기부 요원은 일거수일투족이 모두 관리 대상이니까.

"그렇다면 남은 건 화이트 요원뿐이죠. 그것도 미국에 진출해 있는."

-아, 그렇군요.

각 대사관은 무관이라는 이름으로 군인을 보낼 수 있는데, 보통은 그런 사람들 사이에 화이트 요원을 섞어서 보낸다.

실제로 그걸 각 나라는 알고 있지만 굳이 막으려고 하지는 않는다.

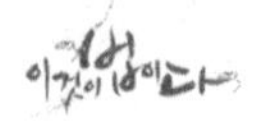

다 알고 하는 일이고, 실제로 얼굴이 드러난 요원들이 해야 할 일이 제법 많기 때문이다.

화이트 요원이 될 경우 다시는 블랙으로 돌아가지 못한다는 문제가 있지만.

"그래서 명단을 확인해 달라고 한 겁니다. 그 당시에 분명 안기부에서 보낸 화이트 요원이 있었을 테니까. 그리고 그는 아마 장수강과 아는 사이일 테고요."

-하지만 특정하기가 쉬울까요?

"어렵지는 않을 겁니다."

무관으로 갔지만 그렇다고 해서 그가 군인인 것은 아니다. 지금까지 군 생활을 했다면 장군급이겠지만 그럴 가능성은 낮으니 당연히 제대했을 거다.

"무관으로 갈 정도면 군 내부에서도 엄청난 엘리트입니다. 당연히 영관급은 무난하게 되었을 테죠."

그리고 그들은 모두 제대 이후에 특정 단체에 자동으로 속한다.

"하지만 안기부 요원이라면 거기 들어갈 리가 없죠."

노형진은 서류 명단을 확인하고는 씩 하고 웃었다.

"이제 사진이 확보되었으니까 미국에서 뭐 하나만 부탁드리겠습니다."

-말씀해 주세요.

"제가 사진을 특정해서 보내 드릴 테니 그 부모 둘에게 보여 주면서 확인해 주세요. 그리고 경찰에 아동 납치 인신매매로 신고해 주세요."

—하지만 시간이 오래 지났는데요?

"공소시효는 끝나지 않았을 겁니다. 업무 종료 후 한국으로 들어왔을 테니까요."

—아, 그렇군요. 그걸 생각 못 했네요.

한국은 범죄자가 해외로 도피한 경우 공소시효가 정지된다.

그건 미국도 마찬가지.

대부분의 국가에서 그런 시스템은 기본이다. 그래야 범인의 해외 도피를 막을 수 있으니까.

그리고 공식적으로 그는 업무가 끝나고 한국으로 출국했다.

—바로 하지요.

노형진은 전화를 끊고 의자에 기대앉았다.

"금방 뵙겠습니다, 윤성찬 씨. 후후후."

⚖

얼마 지나서 않아서 신분의 확인이 끝났다.

새론의 이름으로 장교 사칭 사건이라고 공문을 보내자 장교 명단을 관리하던 단체에서는 명단에 있던 이름을 확인해

줬는데, 그중 딱 한 명이 없었다.

윤성찬.

분명 그 당시에 미국에 무관으로 파견되어 있었지만 정작 제대한 장교 명부에는 없다.

그렇다고 해서 장군이 된 것도 아니다. 마치 없는 사람처럼 중간에 사라졌다.

"어차피 윤성찬이라는 이름도 가짜일 테지만."

화이트 요원이라고 해서 당당하게 얼굴을 까고 다닌다는 소리가 아니다. 그들의 신분도 감춰져 있다.

다만 얼굴을 공개할 수밖에 없는 업무에 동원된다는 점이 다를 뿐이다.

"슬슬 연락이 올 때가……."

노형진이 그렇게 중얼거리는 그때, 갑자기 핸드폰이 울렸다.

그걸 확인한 노형진은 피식 웃으며 전화를 받았다.

"네, 노형진 변호사입니다."

–노 변호사, 나 국정원장이오.

"어쩐 일이십니까?"

–알면서 묻는군. 잠깐 볼 수 있소?

"국정원으로 갈까요?"

–그러시오.

통화는 짧았지만 그걸로 충분했다.

노형진은 일어나서 국정원으로 향했다.
그리고 얼마 지나지 않아 국정원장을 독대했다.
"뭐 하는 짓이오?"
"뭐 하는 짓이냐니요?"
"미국에서 서류가 왔소. 당신 작품이더군."
국정원장은 눈을 찡그리며 말했다.
"화이트 요원을 현상범으로 올리겠다니, 제정신이오?"
"범죄에 대한 책임은 져야지요."
"증거가 있소?"
"그건 미국에 물어봐야지요. 있으니까 국정원에 내놓으라고 하는 거 아니겠습니까?"
"끄응……."
노형진의 말에 국정원장은 신음을 흘렸다.
몰라서 증거가 있냐고 물어본 게 아니다. 그도 알고 있다, 사실 증거가 있다는 걸.
바로, 아이를 산 놈들의 증언.
'아무리 미국이라고 해도 바로 현상범으로 올리지는 않을 거라고 생각했지.'
다른 사람도 아닌 화이트 요원이다. 그런 사람을 바로 현상범으로 올리면 난리가 난다.
그렇다고 드림 로펌의 말을 무시할 수도 없다.
미국에서 아동 납치 인신매매는 최악의 범죄 중 하나다.

만일 드림 로펌에서 들어온 신고를 무시하면 그들은 증거를 공개할 테고, 한국은 국가 정보 집단이 나서서 아동을 납치해서 판매하는 국가가 될 것이며 미국은 거기에 공조하는 국가가 될 것이다.

그에 엮이면 현 정부의 지지율은 바닥을 뚫어 버릴 거다.

그러니 무시도 못 하고 공개도 못 하는 상황에서 미국이 택한 것은 일단 한국에 상황을 통지하는 것.

당연하게도 그 소식은 국정원에 들어갈 수밖에 없다.

"윤성찬이 뭘 그리 잘못했다고."

"실명은요?"

"불가하오."

그 말에 노형진은 자리에서 일어났다.

그리고 바로 드림 로펌에 전화를 걸었다.

"접니다. 협상 결렬입니다. 바로 기자회견 하시고, 한국 국정원에서 아동 납치 인신매매를 주도했다고 발표하세……."

탁. 노형진이 한참 말하는 와중에 국정원장이 다급하게 그의 전화를 끊어 버렸다.

"뭔 짓입니까?"

"아니, 우리가 언제?"

"아니라고 부정하시게요? 다른 사람도 아니고 미국 대사관에 가 있던 무관이 인신매매에 연관되었는데?"

그 말에 국정원장은 얼굴을 잔뜩 찡그렸다.

만일 이게 터지면? 한국은 전 세계에서 지탄받아서 난리가 날 거다.

물론 과거의 일이라고 주장할 수는 있다.

하지만 지금 그 '과거의 일'의 조사를 막는다는 것은 결국 현재의 일이라는 증거다.

"도대체 뭘 원하시는 거요?"

"장수강."

짧은 이름이었다.

하지만 그 말에 국정원장은 얼굴이 굳었다.

부장급 인사다.

"재미있을 것 같네요. 인신매매 혐의로 장수강이 미국으로 끌려가면 국가 기밀을 얼마나 술술 흘릴지 말입니다."

"……."

"아, 소문난 일본통이라고 하던데, 충성심은 확실한 겁니까?"

"……."

"충성심이 확실하기를 원하겠습니다."

그 말에 국정원장은 돌이킬 수 없다는 걸 알아차렸다.

"한 명이면 되겠소?"

"관련자 전부."

"나라를 뒤집을 생각이오?"

"30년 전 사건이 나라를 뒤집어 봤자 얼마나 뒤집겠습니

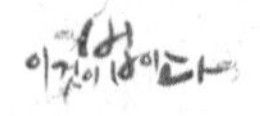

까? 솔직히 그 당사자 중에서 아직도 멀쩡한 사람은 별로 없을 것 같습니다만."

그 당시에 권력의 핵심이었다면 지금쯤 죽었든가, 아니면 치매로 벽에 똥칠하든가, 삼백육십오 일 중 삼백육십 일을 병원 침대에 있을 나이다.

물론 상대적으로 멀쩡한 사람도 있겠지만, 그래도 이승에서의 시간이 얼마 남지 않았다는 것은 확실한 일.

"벌써 30년 전 일인데……."

"그래서요?"

노형진은 단호하게 말했다.

"30년 전이 아니라 50년 전, 100년 전 일이라고 해도 상관없습니다. 제가 원하는 건 진실입니다. 정의가 올바르게 서는 걸 피해자에게 보여 주고 싶은 겁니다."

"그건 그냥 자기만족일 뿐이오!"

"법의 목적은 피해자에게 자기만족을 주는 겁니다. 지금 말씀하신 논리대로라면 그 어떤 범죄도 처벌이 불가능하죠. 피해자만 무시하면 쓸데없이 돈도 안 들 테고."

"……."

"아니면? 제가 대통령 독대라도 해 볼까요?"

그 말에 국정원장의 얼굴이 굳었다.

노형진은 자문 위원이고 독대 자격이 있다. 그런 그가 독대해서 사실을 공개한다면?

대통령이 장수강을 보호해 줄 리가 없다.

그리고 장수강을 보호하려고 한 국정원장 역시 모가지가 날아갈 거다.

노형진이 그걸 대중에 공개할 테고, 대통령은 선택지가 없을 테니까.

“저는 국정원장님께 기회를 드리는 겁니다. 장수강이 미국에 나불거리게 둘 것이냐, 한국 교도소에서 죽을 때까지 입 닫치고 있게 할 것이냐.”

그 말에 국정원장은 눈을 찡그렸다.

선택지는 하나뿐이었다.

장수강. 한때 국정원의 부장으로 권력의 핵심에 있던 사람이다.

그러나 지금 그의 상황은 완전히 바뀌어서, 국정원의 사무실에 앉아서 눈을 감고 꿈쩍도 하지 않고 있었다.

“장 부장, 지금이라도 관련자를 말해.”

“…….”

“네가 입 닫는다고 해서 진실이 사라지지는 않아.”

“…….”

국정원장은 장수강에게 거의 읍소하다시피 하고 있었다.

그러나 장수강은 눈을 감고 들은 척도 하지 않았다.

사실 그가 눈을 감고 있는 모습에서, 이미 국정원장은 그가 취조에 대항하는 수법을 쓰고 있다는 걸 알았다.

국정원에서 취조에 대항하는 스킬을 알려 주는데 정치권 출신인 국정원장이라고 모를까.

그 스킬을 쓸 수는 없어도 그게 어떤 건지는 알기에 그는 결국 고개를 절레절레 흔들면서 취조실을 나왔다.

그리고 옆방에서 상황을 지켜보고 있던 노형진에게 다가가 쓰게 웃으며 말했다.

"아마 쉽지는 않을 거요, 그는 현장 요원 출신이니."

당연히 그는 온갖 취조에 저항하는 법을 배웠다.

고문에 저항하는 법도 배웠는데 단순히 말로 하는 취조쯤이야 우스울 거다.

"이래서는 우리도 곤란하오. 당신도 알겠지만 우리가 조사는 해도 결국 공소권은 검찰에 있으니까."

거기서 장수강이 국정원에서 고문당했다고 주장하면 진짜 모든 게 틀어진다.

물론 국가 전략이나 기밀이 관련된 문제라면 재판이고 뭐고 없이 어디론가 끌고 갈 수 있겠지만, 이건 아동 납치 인신매매다.

결국 형법의 영역.

"재미있네요."

노형진은 그런 그를 보고 있다가 씩 하고 웃었다.

"내가 모른다고 생각하고 있는 게 참 재미있어요."

"저게 재미있다고? 아니, 이미 알고 있다고? 그게 사실이오?"

"네."

노형진은 고개를 끄덕거렸다.

물론 노형진은 모른다. 의심하는 사람은 있지만 증거는 없다.

"그들을 기소하기 위한 증거나 증언이 필요한 것뿐입니다."

"그런데 정작 당사자가 입을 닥치고 있으니……."

"제가 한번 해 볼까요?"

"당신이? 하지만 그러면 신분이 공개될 텐데?"

"장수강이 저에 대해 모를 거라 생각하십니까?"

다른 사람도 아니고 국정원의 부장급이, 자신이 해외로 팔아 버렸던 아이가 한국에 들어온 걸 모를까?

그리고 거기에 노형진이 붙은 걸 모를까?

그럴 리가 없다.

"으음…… 알겠소."

국정원장이 고개를 끄덕거리고 잠시 후, 노형진은 문을 열고 취조실 안으로 들어갔다.

"반갑습니다, 장수강 씨."

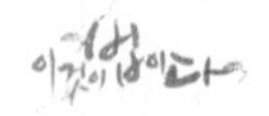

노형진의 말에도 장수강은 눈을 뜨지 않았다.

그리고 그런 장수강의 반응에 노형진은 피식 웃었다.

"역시 훈련받은 분은 다르시군요."

"……."

"뭐, 상관없지요."

노형진은 친근하게 다가가서 그의 어깨에 손을 올렸다.

그리고 그에게 말을 걸었다.

"어깨가 많이 뭉치셨네요."

"……."

"그래서, 규상민 총리가 잘 대해 주셨습니까?"

"……."

"뭐, 그렇군요."

장수강은 여전히 눈을 감고 아무것도 하지 않았다.

그는 아는 거다, 대한민국 정부는 자신을 고문하지 못한다는 걸.

그렇다면 자신은 그냥 입만 다물고 있으면 된다는 걸.

'하긴, 한국 사법의 한계지.'

힘도, 백도 없는 일반인이라면 카메라를 끄고 위협하거나 때리거나 하면서 은근히 고문하면 되지만, 상대방이 힘이 있거나 이슈가 될 만한 사건의 당사자라면 어찌할 수가 없다.

"뭐, 말씀하지 않으셔도 됩니다. 홍식창 의원님은 돌아가셨지만 그래도 아직 살아남은 여구진 장군님 같은 분도 계시니까. 아, 여구진 장군님은 치매가 와서 요양원에 가셨죠? 그럼 교도소에는 못 가시겠네요. 그렇지만 중호우 국방부장관님이 계시죠. 아, 설마, 걱정되시나요? 확실히 그분은 정정하시죠. 나이가 구십이 넘으셨는데도 골프도 잘 치시고."

줄줄이 나오는 명단.

아마 다른 사람이었다면 아마 이쯤에서 놀라서 눈을 똥그랗게 뜨고 노형진을 노려봤을 거다.

하지만 장수강은 아니었다.

관련자들의 기억을 노형진이 실시간으로 읽어 내고 있음에도 불구하고 눈을 질끈 감은 채 어떠한 대꾸도 하지 않았다.

"뭐, 그렇게 나오신다면야."

노형진은 더 이상 읽을 것이 없다고 느끼는 순간 어깨에서 손을 떼어 내고 맞은편에 앉았다.

"확실히 훈련된 요원은 못 당하겠네요."

노형진이 싱글벙글 웃었지만 그럼에도 입을 열지 않는 장수강.

노형진은 그런 그에게 보란 듯이 핸드폰을 꺼내서 탁자에 올렸다. 그리고 어디론가 전화했다.

–네, 노형진 변호사님.

전화를 건 상대는 다름 아닌 노형진의 재산 관리를 담당하는 로버트였다.

"지금부터 일본에 대한 경제제재를 시작하겠습니다."

—갑자기 무슨 말씀이십니까? 일본에요?

"네. 그 문제는, 음…… 그쪽 스파이가 한국에서 초대형 사고를 쳤다고 전해 주세요."

—스파이라고 하면?

"아마 알 겁니다."

기억을 읽어 보니 장수강은 분명 이중 스파이였다. 그것도 일본 쪽.

정확하게는, 한국 국정원 요원이었지만 일본에 넘어가서 그들의 돈을 받고 활동했다.

'그리고 일본에서는 장수강이 잡혀갔다는 것 정도는 충분히 알 수 있지.'

즉, 장수강이 잡혀간 상황에서 그쪽 스파이가 실수했다고 경제적 보복을 벌이겠다고 말하는 것은, 문제의 원인이 장수강이라고 못 박는 꼴이다.

—알겠습니다.

로버트는 더 이상 묻지 않았다. 노형진의 결정은 이해할 수는 없지만 언제나 맞아떨어졌으니까.

수백억 장의 마스크를 쌓아 두라고 했을 때 다들 미친 짓이라고 했지만 지금은 그마저도 부족해서 난리다.

유통기한의 문제만 없었다면 아마 더 쌓아 놨을 거다.

"아, 그리고."

노형진은 거기까지 말하고는 잠깐 말을 멈췄다.

그리고 눈을 감고 있는 장수강을 바라보았다.

전혀 동요가 없는 그의 모습.

그러나 다음 순간, 그의 눈매가 떨리기 시작했다.

"지금 말하는 주소에 사는 사람들의 가족에 대해 알려 주세요. 도쿄 다미치구에 살고 있는 코쿄 미라 씨의 가족, 서울시 강남구에 살고 있는 오수진 씨의 가족, 오산시에 살고 있는 장효원 씨의 가족……."

"안 돼!"

지금까지 입을 꾹 다물고 있던 장수강이 결국 비명을 질렀다. 노형진은 그런 그를 보면서 히죽 웃었다.

"말 잘하시네!"

"뭐 하는 짓거리야!"

"뭐 하긴요. 당신처럼 하는 거지, 마음대로."

"지금 네가 무슨 짓을 하는지 아는 거냐!"

"알지. 몰라서 이럴까."

그 말에 장수강은 일어나서 달려들려고 했다.

하지만 이미 수갑에 결박된 상황에서 그가 할 수 있는 건 없었다.

심지어 노형진이 들고 있는 핸드폰에도 손이 닿지 않았다.

"조건은…… 그래, 이게 좋겠네요. 딱 한 명만 남기라고 하세요. 성인으로, 가능하면 장수강의 자식이면 좋겠네요. 그리고 이 말을 꼭 전해 달라고 해 주세요. 이 모든 게 네 아비 때문이다. 아니다, 그것보다는 아버지가 시켰다는 말이 더 어울리겠네요."

"그만둬!"

"싫습니다만?"

지금 노형진이 불러 준 주소는 장수강의 가족의 주소였다.

그것도 일본통 노릇을 하면서 일본에 꾸민 가정까지 모조리 알고 있었다.

그걸 들은 장수강은 너무 놀랐다.

"우리가 굳이 손을 더럽힐 필요는 없죠."

하지만 과연 일본은 가만있을까?

경제제재를 하겠다고 말하면서 가족의 주소를 넘겨주는 게 무엇을 의미하겠는가?

더군다나 살인의 원인이 자신의 아버지라는 것을 알면, 장수강의 자식은 과연 버틸 수 있을까?

자신의 배우자가, 아이가, 심지어 처가까지 모조리 죽어 버렸는데?

"구족을 멸한다는 게 뭔지 모르시나 본데……."

노형진은 장수강을 보면서 말했다.

"현대에는 그게 불가능할 거라 생각합니까? 국정원 요원이 국가 주요 인물의 자식을 납치해서 팔아넘기는 판국에?"

"……."

"그리고 그 사건이 끝난 후에 당신에 대해 공개할 거야.

당신이 국가를 배신하고 남의 자식을 팔아먹은 걸."

"제……발……."

"당신도 알지? 나는 한번 찍으면 죽을 때까지 괴롭혀. 당신 자식도 결국 자살하겠지. 마침 내가 좋은 생각이 드는데 말이지, 당신 자식에게 사람을 붙이는 게 좋겠어. 그리고 자살하는 장면을 찍는 거야. 그리고 네놈이 있는 감옥에서 스물네 시간 틀어 주도록 하지. 아주 끝내주는 비명이 들리게, 내가 특별히 감옥에 서라운드 시스템까지 깔아 주지."

노형진은 아주 차가운 목소리로 말했다.

"못 할 것 같아? 남의 자식을 납치해서 팔아먹는 새끼의 자식에게 무슨 가치가 있는데?"

그 말에 장수강은 심장이 멎을 것 같았다.

못 한다? 그럴 리가 없다. 노형진의 힘은 그 정도 일이야 충분히 벌이고도 남는다.

남는 정도가 아니다. 어디 조용한 곳에 영원히 가두어 두는 것도 가능하다.

"제발…… 제발, 사실대로 말하겠습니다. 제발……."

"좋아."

노형진은 고개를 끄덕거렸다.

"다시 입을 다물면 한 명씩, 자식의 비명을 들려주지."

노형진은 그렇게 말하면서 핸드폰을 들고나왔다.

취조실의 문을 닫고 돌아보니 요원들이 두려움에 찬 눈빛으로 그를 바라보고 있었다.

노형진은 피식 웃으며 그들을 피해서 나왔다. 그때 다시 바로 전화가 왔다.

－노 변호사님, 협박은 끝나셨나요?

"아셨습니까?"

－노 변호사님이 그런 계획을 스피커폰으로 말하실 분은 아니지 않습니까?

확실히 스피커폰과 일반 상태의 폰은 소리가 다르니 로버트도 알아차린 모양이었다.

"네, 끝났습니다. 장난에 맞춰 주셔서 감사합니다."

－별말씀을요. 그런데 그걸 믿는군요. 의외네요?

"이런 말이 있지요, 너무 많이 아는 게 때로는 죄라고."

장수강은 정보 업계에서 온갖 더러운 일을 했다. 그렇기 때문에 이런 게 가능하다는 것을 모르지 않는 것이다.

일반인들의 세계에서는 불가능한 일이지만 그들의 세계에서는 가능한 일.

"그리고 사람은 자신을 기준으로 판단을 하는 법이니까요."

－노 변호사님의 스타일을 모르나 보죠?

"압니다. 그래서 더 그런 거죠."

노형진은 진짜 선을 넘었다면 정말로 자살할 때까지 조이기도 한다. 물론 그런 경우는 극히 제한적이지만.

"나중에 뵙죠."

–네, 노 변호사님.

노형진은 전화를 끊고 다시 취조실의 건너편 방으로 들어갔다.

국정원장은 약간은 당혹한 얼굴이었다.

"진짜로…… 그럴 겁니까?"

"필요하다면요. 뭐, 필요는 없을 것 같습니다만."

노형진은 창문 너머로 시선을 돌렸다.

아까와 다르게 장수강은 모든 것을 술술 불고 있었다.

–처음 일을 시작한 건 규상민 총리였습니다. 그는 일본의 방산 업체인 미사인에서…… 막대한 뇌물을…….

⚖

장수강의 증언을 기반으로 당사자들에 대한 기소가 진행되었다.

물론 대부분은 죽거나 병이 심해서, 처벌할 수 있는 건 그 당시 실무를 담당했던 자들뿐이었다.

그들은 그때는 젊었으니까.

하지만 그럼에도 불구하고 대한민국은 발칵 뒤집어졌다.

–하, 애국지사 자식까지 팔아 치우는 나라.

–역시 헬조선 어디 안 간다, 진짜.

-매국하면 성공하고 애국하면 가난한 건 이해하겠는데, 자식까지 팔아 치우는 건 너무한 거 아냐?

-중국도 장기는 팔아도 자식은 안 팔아먹는다, 새끼들아.

그 당시 관련자들의 명예는 시궁창에 처박혔고, 혹시나 훈장이나 연금이 있으면 당장 박탈하라고 난리도 아니었다.

"고맙네."

박호산은 노형진의 손을 잡고 진심으로 고마워했다.

"뭐, 작은 보복입니다. 이런다고 해서 가족의 잃어버린 시간이 돌아오지는 않겠지만요."

하지만 그래도 정의는 바로 섰고 피해자에게 조금이나마 위안이 될 거다.

"그래도 지금이라도 자식과의 마지막 추억을 쌓아 올릴 수 있게 된 건 모두 노 변호사 덕분이야."

"별말씀을요."

"내가 도울 일이 있으면 언제든 돕겠네."

"기회가 된다면 부탁드립니다. 다만 지금은 가족과의 시간을 쌓아 올리세요. 더 긴 시간이 필요할 겁니다."

"그래도 다행인 건……."

히죽 웃는 박호산. 그의 미소는 어느 때보다 행복해 보였다.

"딸에게 주지 못한 정이지만 손주에게는 줄 수 있을 것 같네."

"오! 축하드립니다."

노형진은 그 말에 진심으로 축하를 건넸다.

"이제 행복하시면 됩니다."

"그렇게 될 걸세. 진심으로 말이야."

그렇게 말하는 박호산의 목소리에는 기대감이 가득했다.

자식을 위해서

오광훈은 검찰 내부에서도 사실 왕따다.

부부장검사라는 타이틀을 가지고 있지만 정치권 검사들과 윗선은 그를 엄청나게 싫어한다.

하지만 압도적인 실적과 전 국민의 관심을 받는 올바른 검사라는 이미지 때문에 손대지 못하고 있을 뿐.

차라리 정치질을 하거나 특정 정당과 친하다면 그걸 핑계 삼아서 조져 보겠는데, 그는 그것도 아니다.

그래서 같은 스타 검사들을 제외하고는 같이 움직이지 않는다.

"오 검사, 오늘도 혼자야? 요즘 노 변호사는 안 오나 봐?"

자주 가는 돼지국밥집 주인아주머니의 말에 오광훈은 어

깨를 으쓱했다.

"바쁘다네요."

"다른 검사들은 다 어디 가고?"

"모르죠, 어디 갔는지. 룸살롱을 간 건지 아니면 접대를 받으러 간 건지."

"오 검사는 안 가고?"

"앱니까, 그런 곳에 다니게?"

말을 못 할 뿐이지 이미 그런 가게까지 해 봤던 오광훈에게 있어서 거기는 지긋지긋한 삶의 현장일 뿐이다.

"그냥 돼지국밥에 소주 한잔하는 게 제 낙입니다."

"호호호, 그래서 우리 오 검사가 좋다니까. 언제나처럼 고기 곱빼기로?"

"그럼요. 소주 하나 주시고요. 그나저나 손님이 영 없네요."

"우짜겠어. 이놈의 코델인지 코딱지인지가 난리인데."

노형진이 아무리 노력하고 방역에 힘쓴다고 해도 전 세계적으로 돌고 있는 병을 막을 방법은 없다.

일부 세력이 어떻게 해서든 방역을 망치려고 하는 시점에서는 더더욱 말이다.

-세계보수총연맹의 전광도 간사장은 코델09바이러스라는 것은 정부가 국민을 통제하기 위해 개발한 무기이며 애초에 코델09바이

러스는 없다고 주장했습니다.

오광훈은 한구석에 앉아서 멍하니 텔레비전을 바라보다가 혀를 끌끌 찼다.

“뇌가 우동 사리로 가득 찼나. 나도 저런 소리는 안 한다.”

그도 조폭 출신일 뿐 상식이라는 게 있는 사람이다.

전 세계에서 어마어마한 숫자의 사람들이 죽어 나가고 있는데 코델09바이러스가 없다는 말을 하는 놈을 보면서 그는 고개를 흔들었다.

“저런 새끼는 살인으로 처넣어야 하는데. 미국에서는 간첩 혐의로 줄줄이 끌려갔다는데 한국은 뭐 하는 건지 원. 에잉.”

마음에 안 든다는 듯 툴툴거리면서, 그는 돼지국밥에 다대기를 팍팍 뿌리고는 부추를 올려서 크게 한입 물었다.

“캬, 그래. 이 맛이지. 이게 얼마 만의 칼퇴근이냐.”

대부분의 경우 검사란 직업은 칼퇴근은 꿈도 못 꿀 일이다. 하지만 코델09바이러스 때문에 안전을 위해 야근이 막혀 버렸기 때문에 칼퇴근을 하게 된 것이다.

“역시 이 맛이지.”

그는 비어 있는 가게에서 홀로 열심히 돼지국밥을 먹다가 문 열리는 소리에 고개를 돌렸다.

한 여자아이가 힘없이 들어오는 게 보였다.

“도연이 왔니?”

그러자 안에 있던 아주머니가 반색하면서 아이를 맞이했다.

초등학교 3학년이나 될까 한 아이.

아이는 아주머니를 보고 고개를 숙여서 인사를 건넸다.

"안녕하세요."

"오냐. 그래, 뭐 먹고 싶은 거 없어?"

"아니요……."

"너 또! 밥은 먹고 다니는 거니? 에휴, 애가 바짝바짝 말라 가네. 얼른 앉아라. 내가 돈가스 튀겨 줄게."

아이들은 돼지국밥의 강렬한 향을 별로 좋아하지 않아서 가게에서는 아이들을 위한 돈가스를 같이 판다.

그 모습을 본 오광훈은 왠지 입맛이 팍 죽었다.

"에잉……."

아이가 돈가스 먹는 게 기분 나빠서가 아니다.

물론 그런 미친놈도 있기는 하다지만, 오광훈이 기분이 나쁜 이유는 아이에게서 그림자가 너무나도 짙게 느껴졌기 때문이다.

"도대체 무슨 일이기에."

보통 저 또래의 애들에게서는 그림자가 느껴지지 않는다.

부모님의 보호를 받기에, 아직은 세상에 대해 모르는 시기니까.

그런데 고작 초등학교 3학년쯤 되는 아이에게서 저런 그림자가 보이다니.

더군다나 아주머니의 행동을 보니 돈도 안 받고 먹여 주는 모양인데, 그런 상황이라면 대부분 집안이 그다지 좋지 않은 경우가 많았다.

"왠지…… 입맛이…… 싹 사라졌다."

오광훈은 먹다 만 국밥을 보다가 아이에게 돈가스를 차려 주고 카운터에 앉아 있던 아주머니에게 다가갔다.

"벌써 가게? 왜, 입맛이 없어?"

"아니, 그건 아니고요. 저 아이에게 무슨 사정이 있는 것 같아서요."

"아, 그게 보여?"

"아니, 안 보이면 검사 때려치워야지요. 뭔 일이에요?"

혹시나 부모의 학대 같은 거라면 자신이 나서서 해결할 생각이었다.

그런데 이야기를 들어 보니 생각보다 상황이 심각했다.

"아, 이게 말이야. 애엄마가 재판 중이야."

"애엄마가요?"

"응."

"그런데 왜 애를 밖에 둬요? 다른 가족들은 뭐 하고요?"

"에휴, 애엄마만 불쌍하지. 남편이라는 새끼가……."

말하다 말고 고개를 절레절레 흔드는 아주머니.

"도대체 무슨 일인데요?"

오광훈이 고개를 갸웃하면서 관심을 보이자 아주머니는 깨작거리면서 돈가스를 먹는 아이를 보다가 밖으로 나가자고 눈짓을 했다.

아무래도 아이가 있는 곳에서 할 얘기는 아니었으니까.

오광훈은 아주머니를 따라 밖으로 나갔다.

아주머니는 밖에서도 목소리를 낮춰서 말했다.

"애엄마가 외국인이거든."

"외국인요?"

"그 어디라더라? 필리핀이라고 했나, 베트남이라고 했나?"

"그런데요?"

그게 이번 일과 무슨 관계가 있단 말인가?

"그런데 그 남편 새끼가 인간 말종이었던 거여. 문제는 애엄마가 실수를 했다는 거지."

"무슨 일을 저질렀는데요?"

"애아빠가 애엄마랑 애를 매일같이 두들겨 팼나 벼."

오광훈은 그 말에 눈을 살짝 찡그렸다.

인간 말종이라 할 때부터 예상은 했지만, 기분이 좋지 않았다.

물론 가정 폭력은 흔하게 일어나는 사건이다.

"그런데요?"

"그러다 보니께 애엄마가 애 지키려고 하다가 살인미수로

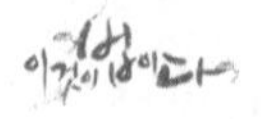

잡혀 들어갔어.”

“살인미수요?”

단순 폭행도 아니고 살인미수로 들어갈 정도면 이건 진짜 심각한 문제다.

“도대체 뭔 일이 있었던 건데요?”

“사실은 애아빠가 여기 출신이 아니여.”

원래 애아빠는 시골에서 농사를 지으면서 사는 농부였다고 한다.

하지만 한국에서 시골에서 결혼하는 건 현실적으로 거의 불가능했기에, 애아빠는 국제결혼 업체를 통해 국제결혼을 하게 된다.

“그 정도야 흔한 일이잖아요?”

아무래도 가난한 나라보다는 좀 더 잘사는 나라에서 살고 싶은 게 사람 마음이니까.

“그래도 처음에는 잘 살았나 벼.”

시골에서 아이를 낳아 같이 키우면서 서로 맞춰 가며 잘 살았는데, 그의 땅이 재개발되면서 사이가 틀어졌다고 한다.

정확하게는 재개발된 땅을 비싸게 팔고 이쪽으로 이사 오면서 틀어진 것.

“이쪽 동네가 좀…… 살자녀.”

“아…… 하긴.”

오광훈은 고개를 끄덕거렸다.

인서울. 동남아 출신의 아내는 이 지역에서 흔한 존재가 아니었고, 튀어 보일 수밖에 없다.

"그때부터 창피하다고 두들겨 팼다네."

"미친 새끼네요, 그거."

"그니께. 거기다 애까지 두들겨 패니까. 온 동네에서 유명했다니까."

"이 근처에 사는 거라면 아파트 아니에요?"

"아파트제."

"진짜 돈 놈이네."

동남아 출신의 와이프는 창피하고, 아파트에서 사람들이 다 듣는데 아내와 아이를 두들겨 패는 건 안 창피하단 말인가?

"그러니까 사람들이 미친놈이라고 엮이지 않으려고 하고."

그러면 애아빠는 너희 때문에 내가 또 창피당했다며 애엄마와 아이를 다시 두들겨 패고.

그런 악순환이 계속되다가 어느 날 애엄마가 남편을 공격했다고 한다.

"애아빠가 죽지는 않았는데, 애엄마는 살인미수로 잡혀갔어."

"허?"

단순 폭행도 아닌 살인미수라고 하면 둘 중 하나다.

진짜 작심하고 죽이려고 했던 게 아니라면 진짜 심하게 다

쳤다는 거다.

'그런데 보통은 전자인데?'

그도 그럴 게, 살인미수는 어지간해선 안 나오기 때문이다.

실제로 제주도에서 기분이 나쁘다는 이유로 전기톱으로 사람의 다리를 잘라 버린 사건이 있었는데, 전기톱이라는 게 사람을 토막 낼 수 있는 흉악한 무기임에도 불구하고 적용된 법조는 특수 폭행이지 살인미수가 아니었다.

"그래서 애를 지금 내가 데리고 있제."

"네?"

이건 또 뭔 소리란 말인가? 애아빠는 어디 있고?

"말도 말어."

퇴원을 하자마자 애를 얼마나 두들겨 팼는지, 이러다 죽겠다 싶어서 경찰을 부르고 애를 빼냈다고 한다.

"애가 아빠 이야기만 나오면 경기를 일으켜."

"아니, 그러면 애는 어쩐대요? 애엄마도 감옥에 가면?"

"고아원에 갖다 버린다던데?"

"미친 새끼네?"

오광훈은 눈을 찡그렸다.

이런 일이 있다면 아이가 가진 그 어둠이 이해가 간다.

"그런데 그걸 정말 살인미수로 엮었다고요?"

"그랴."

오광훈은 그 말에 머리를 긁적거렸다.

'말이 안 되는데.'

살인미수가 되기 위해서는 살인 자체를 미리 준비해야 한다.

물론 살인 자체야 실패할 수 있다. 하지만 그간의 경험상, 보통 가정 폭력에서 벌어지는 사건은 우발적인 경우가 대부분이다.

"혹시 애엄마 이름 아세요?"

오광훈은 왠지 이번 사건에 문제가 있을 것 같았다.

⚖

사건 기록을 확인한 오광훈은 혀를 끌끌 차면서 노형진에게 사건을 가지고 왔다.

척 봐도 제대로 된 방어가 불가능해 보였으니까.

변호사가 없는 건 아니지만 국선변호인이다.

물론 국선변호인이라고 해서 다 실력이 없는 것은 아니다.

하지만 대부분의 국선변호인들은 열정적으로 사건에 매달리지 않는다.

돈이 안 되니까.

당장 밖에서는 살인미수 사건이라고 하면 수천만 원을 받는데 국선변호인은 고작 수십만 원밖에 못 받으니 하고 싶겠는가?

"알시아 씨라고?"

노형진은 오광훈이 가지고 온 사건 기록을 보며 혀를 끌끌 찼다.

"변호사 새끼, 일 더럽게 안 했네."

"뭐, 예상한 거잖아?"

"하긴, 그건 그렇지."

사건에 대해 조사하지도 않고 그냥 법적으로 어쩌고저쩌고하니까 살인미수는 아니라고 해 버렸는데, 그마저도 부실하기 그지없었다.

"그래서 사건 자체가 어떤 건데?"

"뭐, 보다시피 살인미수로 엮어 버렸는데, 이건 무리해서 엮은 것 같거든."

사건의 개요 자체는 간단했다.

아내인 알시아가 남편인 주중환을 공격했다.

집에 있는 칼로 주중환을 찔렀고, 그는 부상 입은 채로 다급하게 도망쳤다. 그리고 그 모습을 본 경비원이 경찰을 불렀다.

"이건 특수 폭행 아니야? 이야기를 들어 보니까 특수 폭행에 들어가는 것 같은데."

의외로 한국에서 살인미수는 인정받기 힘든 게, 살인의 고의가 있어야 한다고 보기 때문이다.

"그게, 이게 문제가 된 건데."

진술에 따르면 애엄마인 알시아는 평소에도 애아빠를 죽여 버리고 싶다고 매일같이 말하고 다녔다고 한다.

그날 공격한 칼 자체도 산 지 고작 사흘 된 것이었고.

그래서 검찰에서는 살인의 고의를 가지고 칼을 사서 공격했다고 주장하고 있는 것이다.

"얼씨구?"

오광훈의 말에 노형진은 혀를 끌끌 찼다.

"그럼 우리나라 부부의 80%는 살인의 고의를 가지고 살아가겠네."

한국은 '죽겠다'라는 말을 잘 쓰는 편이다.

힘들어 죽겠다, 배불러 죽겠다, 배고파 죽겠다 등등.

동시에 화가 나면 상대방에게 진짜로 살해의 의도가 없어도 '죽여 버린다.'라고 하는 경우도 많다.

알시아가 필리핀에서 온 사람이라지만 애가 초등학교 3학년이라면 한국에 오래 살아서 한국어를 충분히 익혔을 거다.

"국적도 한국이네."

이름은 알시아지만 국적은 한국이다.

하긴, 한국인과 결혼해서 아이까지 낳았는데 국적이 여전히 필리핀이라면 그것도 이상한 거다.

"하여간 보니까 주변의 증언도 그렇고 뭐랄까, 답이 정해져 있다는 느낌이 강해서. 하지만 그렇다고 내가 이 사건을 뭐라고 할 수는 없지. 알잖아."

"그건 그래. 변호사와 검사는 다르니까."

변호사는 의뢰인을 보호하는 사람이다. 그러니 이걸 제대로 조사하라고 조사원에게 맡기거나 스스로 조사할 수 있다.

"하지만 특수한 경우가 아니라면 검사인 내가 전화해서 다른 사건에 감 놔라 배 놔라 하는 건 영 그림이 안 좋단 말이지."

물론 미심쩍은 사건이거나 검사가 정치적 이유로 일을 안 하거나 하면 간섭하기도 한다.

"하지만 이건 그게 아니거든. 나도 겪어 봐서 알지만."

"하긴, 검사가 제대로 일을 안 하는 게 아니라면 문제 삼기 좀 애매하지."

어떤 법조문을 적용할지. 어떤 형량을 내릴지 모든 권한은 검사에게 있다.

물론 검사가 일을 제대로 한다면야 환영할 만한 일이다.

"하지만 이건 아무리 봐도 아닌 것 같거든."

"흠…… 사건 기록이 제대로 작성되어 있지 않아서 모르겠지만 정상참작의 여지가 충분함에도 불구하고 전혀 적용하질 않네."

정상참작이란 그 상황에서 그렇게 할 수밖에 없는 경우 재판부에서 처벌을 약하게 해 주는 것을 의미한다.

"하긴, 한국에서 정상참작은 정치인들이나 사업가들 풀어주는 데나 쓰는 거지 뭐 국민들의 상처를 돌봐 주는 데에는 안 쓰이니까."

장군이 국가 기밀을 100억에 팔아먹었다? 그러면 생계형 범죄로 정상참작이 된다.

정치인이 정치자금으로 200억을 받았다? 그러면 나랏일 하다 그런 것이니 정상참작이 된다.

재벌이 300억쯤 돈을 횡령했다? 그것도 국가를 위해 일하다 그런 거니 정상참작의 대상이다.

"하긴, 그건 그래. 정상참작이 실제로는 그런 게 아닌데 말이지."

하지만 가난한 서민이 라면을 훔치다 걸렸다? 징역 3년이다.

사장이 돈을 쌓아 두고도 월급을 안 줘서 자식이 굶고 있는 걸 본 부모가 사장 사무실에 들어가서 돈을 털어 갔다? 그것도 징역형이다.

버스 탈 때 돈이 부족한 손님에게 운전수가 몇십 원을 깎아 준다? 운전수는 횡령으로 처벌 대상이다.

한국에서 정상참작이라는 것은 대표적인 유전 무죄 무전 유죄의 방식일 뿐이다.

"보아하니 검사도 그런 마인드로 접근하는 모양인데."

물론 사람을 칼로 찔렀다는 점에서 명백한 처벌의 대상이다. 그건 부정할 수 없다.

"하지만 그 상황에 대해서는 조사가 거의 이루어지지 않았어."

현장의 기록에 따르면 어떤 상황이었는지, 그리고 어째서 칼로 찔렀는지는 언급되어 있지 않다.

"이 변호사 새끼도 마찬가지고."

그래도 국선변호인이라고 해서 아예 변호를 하지 않은 건 아니다. 나름 자기 딴에는 돈을 받은 만큼 일했다고 할 거다.

"하지만 이게 뭐냐고. 장난하는 것도 아니고."

그래도 변호사는 일한답시고, 답변서에 구구절절하게 남편인 주중환이 평소에 얼마나 알시아 씨를 구타했는지에 대해 언급을 해 놓았다.

하지만 그게 끝이다.

"이런 사건에서 이런 증거가 얼마나 중요한지 모르지는 않을 테고, 귀찮다고 생각한 거겠네."

단순히 답변서로 그런 주장을 하는 것과 그걸 입증하는 것은 전혀 다른 문제다.

답변서나 반성문으로 '사실은 제가 이렇게 불쌍하게 살았습니다.' 하고 찡찡찡거리는 건 누구라도 할 수 있는 일이다.

그리고 대한민국의 재판부는 그런 말에 눈도 깜짝 안 한다.

그럴 수밖에 없는 게, 한국에서 재판할 때 가장 먼저, 많이 듣는 말이 '나는 불쌍하다'니까.

실제로도 한국의 재판정에서는 누가 더 불쌍한지 경쟁하

는 것으로 보일 정도로 사람들이 자신들의 불행을 어필한다.

그래서 조금이라도 경험이 있는 판사들은 그런 어필을 절대로 받아들여 주지 않는다.

그걸 인정받고 싶다면 정말로 자신이 불행하다는 걸 증명해야 한다.

"그런데 이건 전혀 증명이 되어 있지 않잖아."

주변의 증언도, 아니면 다른 증명할 만한 수단도 없이 그냥 '나는 불쌍한 가정 폭력의 피해자이고 남편이 나쁜 놈이에요.'라는 답변서가 끝.

"법률에서의 입증책임을 변호사가 모를 리는 없고."

주장하는 자가 증명해야 한다. 그건 법률계에서 지켜야 할 가장 기본적인 사항이다.

그런데 이 진술서에는 그런 것 없이 '나 불쌍하니까 선처해 주십시오.'라는 말만 가득하다.

"그걸 증명하기 위한 노력이 전혀 없어."

"귀찮았나 보지."

"쩝."

물론 자신이 불쌍하다는 증명은 어찌 보면 무척이나 쓸데없게 느껴진다.

진짜로 법적인 과정을 거쳐서 얻어야 하는 것도, 재판에서 감형에 필수적인 것도 아니니까.

하지만 말 그대로 정상참작의 여지가 있다.

3년 형이 나올 수 있는 게 2년 형이 나오거나, 1년 형이 나올 수 있는 사건에서 집행유예가 붙어서 나오기도 하는 거다.

"그래서 말인데 네가 좀 맡아 줄 수 있겠냐?"

"이런 거라면 해야지."

비록 바쁘다지만 그래도 아이의 미래가 걸려 있는 일이다.

"일단 이쪽 변호사를 좀 만나 봐야겠지?"

노형진은 머리를 긁적거리면서 말했다.

⚖

"우리도 바빠 죽겠다고요. 누가 보면 우리가 노는 줄 알겠네."

노형진이 만나러 가자 상대방 변호사는 초장부터 기분 나쁜 티를 팍팍 내기 시작했다.

노형진은 그의 말을 한 귀로 흘리며 주변을 스윽 둘러보았다.

'뭐, 바쁠 수도 있겠지만.'

바쁠 수도 있다. 사람은 겉만 봐서는 모른다고 하지 않는가?

그가 비록 세 명이서 작은 사무실을 운영하는 개인 변호사이긴 하지만 그렇다고 해서 그게 그가 바쁘지 않다는 걸 뜻하진 않는다.

'하지만 나한테 적대적일 이유는 없지 않나?'

더군다나 다른 사람도 아닌 노형진이다.

엄청난 돈과 권력을 가지고 있는 것과는 별개로 노형진이라는 존재가 한국의 법률계에서 한 일은 절대 폄하할 수 없다.

'애초에, 그걸 떠나서 나 새론 변호사인데?'

물론 상대방이 경험이 많지 않은 변호사라서, 그래서 노형진에 대해 모를 수도 있다.

하나 새론은 현재 대한민국에서 가장 잘나가는 로펌이며 모든 변호사들이 들어오고 싶어서 안달이 나 있는 곳이다.

다른 곳과 다르게 수임료 자체는 싸지만 그 몇십 배나 되는 돈을 투자로 지급해 주고 있으니 말이다.

그렇다 보니 합법적이고 떳떳하게 돈을 벌 수 있는 새론에 들어오고 싶어 하는 변호사는 넘쳐 나고, 설사 그 당사자가 아니라고 해도 새론이라고 하면 조심하기 마련이다.

"그래서, 할 말이 뭡니까?"

"아니, 제가 부탁받은 게 있어서 말이지요."

노형진은 싱글벙글 웃으며 말했다.

"뭔지는 모르지만 남의 사건에 끼어드는 거 아닙니다."

"남의 사건이 될지 내 사건이 될지는 알아봐야 하는 거 아니겠습니까?"

노형진의 말에 상대방 변호사는 눈을 찡그렸다.

그걸 본 노형진은 확신했다.

'이 새끼 또 작업 치는구만. 하여간 변호사란 새끼들이 왜 이러는지, 휴우. 설마, 국선변호인이라는 제도가 왜 생겼는

지도 모르는 건가?'

변호사란 직업이 생겨난 이유는 억울한 피해자가 발생하지 않게 하기 위해서다.

지금도 그런 경향이 있지만 과거에는 범인을 찾는 게 아니라 범인을 만드는 게 경찰이나 국가의 사법기관의 방식이었다.

법에 대해 무지한 사람들은 어떻게 자신을 지켜야 하는지조차도 모르니 말이다.

그런 상황에서 가난하면 변호사를 선임하지 못할 수도 있으니, 국가에서 변호사를 제공하여 혹시 모를 사법적인 불이익 발생을 막기 위해 만든 것이 국선변호인 제도였다.

국가가 돈이 썩어 넘쳐서 쓰려고 만든 제도가 아니라.

민사야 개인이 알아서 할 문제이지만, 형사는 국가 대 당사자의 싸움인 데다 국가의 공권력이 비정상적으로 작동하는 경우가 넘쳐 나기 때문이다.

"적대적인 걸 보니까 혹시 걸리시는 게 있습니까? 알시아 씨에게 수작이라도 부리신 건가요? 계약하라고 작업이라도 치셨나요?"

노형진의 말에 변호사의 얼굴색이 변하자 노형진은 혀를 끌끌 찼다.

'이 새끼 봐라? 요즘 그런 소리가 들려오더니.'

작업.

이게 무슨 소리냐면, 국선변호인으로 들어간 다음에 상대방을 설득해서 '일반 의뢰'로 돌리는 걸 의미한다.

물론 이게 불법은 아니다. 국선변호인이라는 것은 여러 경우에 불려 가기 때문이다.

보통 국선변호인이라고 하면 돈이 없는 사람들이 선임하는 경우가 대부분이지만 일부 그렇지 않은 경우, 가령 갑자기 경찰에게 부당한 일을 당하거나 체포당하는 경우, 그래서 기존의 변호사를 불러올 수 없거나 거래하던 변호사가 없는 경우에 국선변호인을 부른다.

애초에 정상적으로 평범한 생활을 한다면 변호사와 엮일 일은 거의 없으니, 변호사와 엮였다는 것 자체가 인생의 풍파를 만났다는 소리다.

그래서 이런 경우라면 자연스럽게 국선변호에서 일반 변호로 넘어가기도 한다.

'하지만 돈이 없는 경우가 문제가 되지.'

돈이 없는 의뢰인은 돈을 구하는 게 쉽지 않다.

애초에 구속 상태에서 국선변호인을 신청한다는 것 자체가 돈이 없다는 건데, 국선변호인은 그런 피의자를 좋게 말해서 설득, 나쁘게 말해서 협박하여 사건을 일반 변호로 돌린다.

'거기다 살인미수란 말이지.'

당연히 처벌도 강해질 테니 기소된 피의자 입장에서는 더더욱 마음이 급해진다.

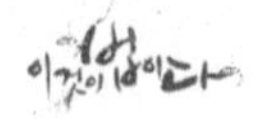

'알시아 씨에게 돈이 있을 것 같지는 않고.'

알시아는 필리핀에서 시집을 온 이주 여성이다. 거기다 그녀는 평생을 시골에서 남편과 같이 일했다.

딱히 직장을 다닌 적이 없으며 남편과 같이 농사를 지었다.

당연히 농지는 남편의 이름으로 되어 있으니, 그곳이 재개발되었다면 그 돈은 전부 남편에게 갔을 거다.

당연히 알시아에게 돈이 있을 리가 없다.

게다가 죄명은 '살인미수'였다.

그건 남편이 확실하게 선을 그었다는 것을 뜻한다.

만일 남편이 경찰에 사고라고 이야기했다면 살인미수가 아니라 폭행이 되었을 거다.

그러니 만에 하나라도 남편이 자기를 칼로 찌른 알시아에게 변호사를 선임해 줄 리가 없다.

거기다 사건이 일어난 지역은 원래 살던 동네도 아니고, 가족들은 필리핀에 있을 게 뻔하다.

그건 알시아 씨에게 도와줄 사람조차 없다는 뜻이다.

'그런데 국선변호인을 일반 변호사로 돌린다?'

그건 생각하기 힘들다.

"한 가지만 묻죠."

노형진의 목소리가 낮아졌다.

상대방이 사람답게 변호사답게 군다면야 그에게 적대할 일은 없지만, 남의 인생을 물고 늘어지면서 이권을 챙기는 놈이라면 굳이 봐줄 이유도 없다.

"혹시 알시아 씨에게 무리한 계약을 요구했습니까?"

"무리한 계약이라니요? 우리도 먹고살아야지요."

"하아?"

먹고살아야 한다니. 그 말에 노형진은 기가 막혔다.

'이 새끼, 실력도 없는 새끼 맞네.'

그도 그럴 게, 국선변호는 의무가 아니기 때문이다.

새론의 경우는 사건의 다양성과 세상을 배우라는 의미에서 변호사들에게 국선변호인 경험을 쌓는 걸 추천해 준다.

국선변호인은 국가에서 시키는 게 아니라 변호사가 국선변호인으로서 변호하는 것을 국가로부터 허가받은 뒤 한 건당 대략 50만 원 정도를 지원받고 변호해 주는 거다.

그래서 국선변호인은 변호사들이 하는 일종의 자원봉사라는 느낌이 강하다.

'하지만 요즘은 종종 아닌 경우가 있다고 하더니, 이 새끼가 그런 새끼였네.'

국선변호는 돈이 안 된다. 하지만 실력이 부족한 변호사들은 국선변호인으로 들어가서 일단 의뢰인을 확보한 다음 의뢰인을 설득해서 일반 변호로 돌리게 한다.

이유는 간단하다. 변호사들의 세계도 이제는 경쟁 체제니까.

노형진은 사법시험 존치파이기는 하지만 그렇다고 해서

로스쿨을 반대하는 것은 아니다.

그가 주장하는 것은 경쟁을 위해 둘 다 일정 수를 유지해야 한다는 것.

그래야 지금처럼 변호사도 경쟁해서, 실력이 부족한 놈들은 도태되고 실력 좋은 사람만 살아남기 때문이다.

'하지만 그 안에 수작질을 부리는 놈들이 있지.'

정당하게 경쟁하기보다는 다른 사람들을 착취하면서 돈을 뜯어먹으려고 하는 놈들이 과연 변호사들의 세계에는 없을까?

그럴 리가.

그리고 그런 실력이 떨어지는 놈들이 노리는 게 바로 다급한 사람들이다.

"아니, 나를 뭐로 보고."

"변호사죠."

노형진은 아주 서늘한 목소리로 말했다.

"그리고 변호사들 중에도 종종 선을 넘는 사람들이 있어서 말이죠."

"크흠."

그 말에 상대방 변호사는 헛기침하기 시작했다.

하지만 목소리가 떨리는 것은 막을 수가 없었다.

"내가 좋은 일 하겠다고 나선 건데 이런 취급을 받으니 억울하네요."

"그래서 일반 수임으로 돌리셨나요? 아니면 아직 국선변호인 상황인가요?"

"대답할 이유는 없죠."

"때로는 대답하지 않는 것 그 자체로 대답이 되기도 하지요."

노형진은 그의 말에 확신을 가졌다.

"뭐, 조만간 다시 뵙겠네요. 다만 그때는 다른 장소에서 뵐 것 같군요."

그 말에 상대방 변호사는 사색이 되었다.

"그래서 일반 변호사로 돌리신 거라고요?"

"네, 그런데 갑자기 변호사 사임을 한다고……."

"하아, 역시나였군요."

알시아를 만나러 온 노형진은 단도직입적으로 물었다.

현재 변호사가 일반 수임으로 돌리라고 압박한 적이 있느냐고 물었더니, 예상대로였다.

"그런데 그만뒀다 이거죠?"

정확하게는 노형진이 그를 만난 다음 날 바로 그만뒀다.

그 말은 자기도 그게 변호사의 직업윤리에 맞지 않는 행동이라는 걸 알고 있었다는 소리다.

"그게…… 불법인가요?"

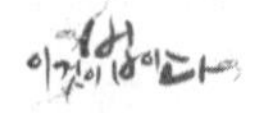

알시아는 영문을 모르겠다는 듯 물었다.
노형진은 그런 그녀의 말에 고개를 흔들었다.
“불법은 아닙니다. 하지만 이건 직업윤리에 위배돼서요. 아시겠지만 현재 알시아 씨는 구속 중이지 않습니까?”
그러다 보니 외부와의 접촉은 제한되어 있고, 외부에서 대신 업무를 봐주면서 변호사를 선임해 줄 사람도 없다.
“그런 경우에 의뢰인은 대부분 국선변호인에게 기댈 수밖에 없습니다. 심리적으로 동조되는 거죠.”
물론 그게 나쁜 건 아니다. 변호사가 의뢰인에 대해 잘 알면 그만큼 지키기 쉬우니까.
“하지만 그걸 이용해서 상대방을 뜯어먹는 건 전혀 다른 문제입니다. 우린 그걸 갈취라고 부르죠.”
상대방의 다급한 상황을 이용해서 돈을 뜯어내는 행위를 해서는 안 된다. 하지만 이전 변호사는 그걸 한 거다.
그 말에 알시아는 충격을 받은 얼굴이었다.
모두가 자신을 살인범이라고 몰아붙이는 상황에서 유일한 자신의 편이라고 생각했던 사람이 사실은 자신을 갈취한 거라니.
“그래서 얼마나 주신 겁니까?”
“그…… 천만 원…….”
“돈은 어디서 구하셨는데요?”
“국밥집 아주머니가…… 빌려주셨어요.”

"아, 거기 분이요?"

그 아주머니라면 그러고도 남을 분이다.

착한 데다 오지랖도 넓으니까. 거기다 워낙 맛집이라 돈도 있고.

"그나저나 돈은 어차피 돌려받을 테고."

수임료를 줬다지만 변호사가 먼저 그만뒀으니 그걸 꿀꺽하지는 못할 거다. 중요한 건 이제 그 사건을 누가 맡는지다.

"이 사건은 제가 해야겠군요."

"네? 하지만……."

"하지만이 아니라, 그래야 하는 사건입니다. 상황을 봐서는 검찰에서 이미 살인미수로 정해 둔 것 같더군요."

"전 변호사님도 그 말씀은 하셨어요. 그리고 막을 수 있다고."

"하."

그 말에 노형진은 코웃음을 쳤다.

왜냐? 가소로워서였다.

"애석하게도 아마 말뿐이었을 겁니다."

"말뿐이라고요?"

"혹시 변호사가 제출한 변론 기록 보셨나요?"

"그건…… 아니요."

"이게 그 사본입니다. 보시죠."

그걸 건네자 알시아는 한참을 읽더니 어리둥절한 눈으로

물었다.

"제가 말한 게 그대로 다 잘 들어가 있는데요?"

"그게 문제인 겁니다. 주장만 있지 증명할 게 하나도 없어요."

그런 경우라면 판사는 무조건 믿지 않는다. 서면으로 거짓말을 하는 건 조금도 어렵지 않은 일이니까.

실제로 위증죄도 피의자에게는 해당되지 않는다.

애초에 법원도 피의자가 거짓말할 거라고 감안하고 간다는 거다.

"하물며 이건 사건과 관련되어서 주장하는 것도 아니고 자기가 불쌍하다고 징징거리는 수준에서 못 벗어난 답변서입니다."

그리고 상식적으로 변호사라면 이런 답변서는 작성하지 않는다.

일반인이 보기에는 자기 심정이 잘 들어가 있으니 참 잘 쓴 답변서 같겠지만, 전문가 입장에서는 이건 한낱 말장난일 뿐인 거다.

"보통 이런 답변서는 세 가지 경우에 씁니다. 첫 번째는 확실하게 이길 때죠."

첫 번째는 뭘 해도 이길 때, 즉 정치적 판결이든 뇌물을 주든 뭘 해도 이기는 상황일 때다.

그런 때에는 답변서를 어떻게 쓰든 상관없다.

그냥 '뿌웅~' 하는 방귀 뀌는 소리를 써서 내도 이기니까.

"두 번째는 뭘 해도 안 될 때입니다."

이건 진짜 뭘 해도 답이 없을 때다.

워낙 증거가 넘치고 증인도 많고 CCTV에 범행 현장 같은 게 찍혀서 사건을 따지고 자시고 할 수가 없을 때나 이렇게 작성하는 거다.

"마지막은 사건을 버릴 때입니다. 이 경우는 세 번째겠네요."

"사건을 버린다고요?"

"네."

어차피 돈은 다 받아 처먹었으니 더 이상 사건에 신경 쓰기 싫을 때 답변서를 이렇게 낸다.

그럴듯하지만, 그다지 고민하거나 조사한 것도 없는.

나중에 의뢰인이 문제 삼아도, 법적으로 답변서에 모든 이야기가 다 들어가 있기 때문에 재판부도 변호사 편을 들어줄 정도.

그렇잖아도 재판부의 팔이 안으로 굽는 것은 사실이기에 부실한 변론으로 인한 손해배상 소송 같은 게 터지면 거의 100% 변호사가 이긴다.

"그런……."

그 말에 알시아는 충격을 받은 듯했다.

"대부분은 그걸 모르죠."

그래서 사람들은 변호사만 믿고 있다가 뒤통수를 맞는 거다.

"물론 이런 짓거리를 하는 변호사는 소수입니다."

하지만 소수라는 것은, 누구라도 그런 인간을 만날 가능성이 있다는 말이다.

"더군다나 실력이 떨어지니까 만만한 먹잇감을 찾고요."

그게 바로 국선변호인이다.

한국에서 변호사가 되면 죽는 그 순간까지 유지된다. 말로는 대국민 서비스업이라고 하지만 의사와 변호사는 치매가 와서 벽에 똥칠해도 취소되지 않는다.

국영수만 잘하고 암기만 잘하면 통찰력이나 이해력과 상관없이 변호사가 되고, 그들은 사건 자체를 이해하지도 못한 채 말도 안 되는 판단을 내린다.

"왜 판검사들이 종종 말도 안 되는 판단을 할까요? 그건 그들이 일반인이 아니기 때문입니다."

가령 누군가가 자살하기 위해 트럭 앞에 뛰어들었는데 그걸 못 피했다고 트럭 운전사를 기소하는 검사들이 있다.

상식적으로 운전자는 피해자이지 가해자가 아니다.

하지만 검사는 운전자를 가해자로 못 박고, 1심에 2심에 3심까지 걸어 가면서 말려 죽이려고 한다.

그런데 그건 운전자에게 원한이 있어서가 아니다. 자기가 그렇게 결정했으니까 그게 맞아야 한다고 생각하는 거다.

짐을 가득 실은 20톤짜리 트럭이 단 1초 만에 브레이크를 밟는 건 불가능하다는 사실은 그들에게 아무 상관도 없는 거다.

"이 사건도 마찬가지입니다. 더군다나 승소 비용이 사라졌거든요."

과거에는 형사사건에서 이기거나 형량을 깎는 데 성공하면 승소 비용이라고 해서 돈을 더 줬다.

하지만 지금은 그게 불법이 되었다.

"그러니까 더 당당하게 한탕 하고 손절하겠다 이거죠."

어차피 알시아는 살인미수이니 못해도 5년 이상은 감옥에 있다 나올 테고, 아무것도 없는 여자가 혼자서 변호사에게 복수하기는 힘드니까.

"그러면 이제 저는 어떻게 되는 거죠?"

"아직 1심은 진행되지 않았으니까 제대로 시작하죠. 그날 있었던 일을 자세하게 말씀해 주시겠습니까?"

"그날……."

자신이 남편이었던 주중환을 죽이려고 했던 그날.

알시아는 그날의 기억을 떠올리는 것만으로도 고통스러운 듯 눈을 찡그렸다.

"아, 대충 이야기는 들었습니다. 평소에도 두들겨 패고 그랬다고요?"

"네. 국밥집 아주머니가 이야기해 주셨나요?"

"네."

"그러니까 그날……."

그날은 평소와 같았다.

밖에 나갔다 온 남편은 또다시 알시아와 딸인 주도연을 두들겨 패기 시작했다.

자기 인생에서 꺼지라고, 너희만 없어지면 된다면서.

"평소에도 이혼해 달라는 소리를 많이 했나요?"

"많이 했죠. 하지만 도연이 때문에 참았어요."

주중환의 요구는 간단했다.

이혼하고 필리핀으로 돌아가라. 도연이도 데리고 꺼져라.

돈은 땡전 한 푼 못 주니까 꺼져라.

"흠……."

노형진은 그 말에 턱을 문질렀다.

'하긴, 자격지심이 터지는 경우가 있지.'

주중환과 알시아는 사랑해서 결혼한 사이가 아니다. 하지만 그 나름대로는 결혼 생활을 잘 이어 왔다.

둘 사이에 주도연이라는 예쁜 딸도 뒀으니 말이다.

'하지만 성공해서 서울로 올라오면서 상황이 달라졌다 이건가?'

한국은 혈통주의가 강한 나라다.

주중환의 가슴 한편에는 자격지심도 있었을 거다. 자신이 왜 한국 여자와 결혼하지 못한 거냐는.

'시골에서야 문제가 될 게 없었겠지.'

시골이야 거의 사람들이 없고 대부분 노인들이다.

젊은 사람들이 있다고 해도 대부분 비슷한 처지인지라 비슷하게 국제결혼을 많이 한다.

당연히 그런 자격지심이 생길 리가 없다.

그러나 성공하고 서울로 올라오니 환경이 바뀐 거다.

화려한 서울. 이제는 충분한 돈.

거기다 이런 동네에는 소위 미시풍이라는 여자들이 많이 다닌다.

돈이 있는 동네다 보니 빡세게 관리하는 게 가능한 것이다.

십수 년을 같이 살고 늙은, 그리고 농사를 지으며 고생해서 더더욱 늙어 보이는 필리핀 여자 알시아와, 젊은 데다 관리까지 빡세게 한 여자들을 놓고 비교하면 당연히 알시아가 밀릴 수밖에 없다.

"일단 구타했다는 건 알겠습니다."

그날도 나가서 술을 먹고 왔고 언제나처럼 구타했다.

자세한 동선 같은 건 아무래도 상관없다. 진짜로 죽은 게 아니니까.

하지만 평소에는 맞아 주기만 하던 알시아가 왜 갑자기 칼을 들고 주중환을 찌른 것일까?

맞는 게 지쳐서? 아니면 뭔가 욱해서?

'그건 아닐 거야.'

맞는 여자들은 아주 심한 공포감을 품게 되고, 자포자기 상태에 들어간다. 그래서 대부분의 매 맞는 아내나 남편을 보면 자기가 맞을 만해서 맞았다고 생각한다.

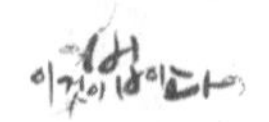

설사 그게 아니라고 해도 말이다.

"그런데 그날은 칼을 휘둘러서 주중환을 찌르고 도망가셨지요."

"그게……."

알시아는 그때가 생각나는지 부르르 몸을 떨었다.

하긴, 그녀가 한 진술대로라면 그러고도 남는 일이기는 하다.

"진술서에는 주중환이 따님인 주도연 양을 보면서 허리띠를 풀었다고 적혀 있더군요. 맞습니까?"

"맞아요."

술에 취해서 들어온 주중환은 아내인 알시아를 무력화하고 강간하려고 했다.

사실 그런 경우가 제법 많다.

범죄자들이 상대방에 대한 자신의 지배력을 확인하는 일종의 과정 같은 거다.

"하지만 그날은……."

그날은 달랐다.

몇 번이나 당했던 일이었기에 알시아는 아내니까, 그러니까 참아야 한다고 생각했다.

하지만 그 순간 주중환이 바라보던 대상은 알시아가 아니었다.

열 살짜리 딸 주도연이었다.

그 미친놈이 주도연을 보면서 허리띠를 풀기 시작하자, 알시아는 직감적으로 주중환이 뭔 짓을 하려고 하는 건지 알아차렸다.

"정신이 없었어요."

자신이 맞아도, 그보다 더한 꼴을 당해도, 그래도 참았다.

알시아가 주중환을 사랑해서 그런 게 아니었다.

그런 감정은 애초부터 없었고, 조금씩 생기던 감정조차 이제 모조리 사라졌다.

그럼에도 불구하고 그녀가 이혼하지 않고 버틴 건 딸을 위해서였다.

딸은 한국인이다. 필리핀에 가서 살 수도 없고, 필리핀에 가더라도 제대로 적응도 못할 게 뻔하다.

"흠……."

노형진은 그녀의 말에 차분하게 진술서를 바라보았다.

'그럴 만하지.'

실제로 많은 가정 폭력 사건이 외부로 터지면서 이혼으로 향하는데, 그 가장 큰 이유 중 하나가 바로 자식 문제다.

자식이 폭력의 대상이 되거나 자식이 장성해서 반대로 두들겨 패던 부모를 제압하거나 맞던 부모에게 이혼하라고 하거나.

'부모는 강하다는 건가?'

아마도 알시아는 모성애가 강한 타입일 거다.

실제로 필리핀 여자들은 드세기로 소문났다.

그도 그럴 게, 한국과 다르게 필리핀은 모계사회이기 때문이다.

아버지가 아니라 어머니를 기준으로 가정이 꾸려진다.

그런 사회에서 자란 그녀가 수년간 폭력을 참은 건 오직 딸인 주도연을 위해서였다.

"하지만 선을 넘은 순간 참을 수가 없었던 거군요."

욕망이 번들거리는 시선이 자신이 아닌 딸을 향했을 때, 결국 그녀는 분노를 참을 수가 없었다.

남편의 무자비한 폭력 아래에서 이 세상 모든 것을 포기하더라도 지키려고 하던 딸이 아닌가?

"그래서 찌르신 거군요."

"네."

주중환은 등을 돌린 채 허리띠를 풀고 바지를 내리고 있었다.

두들겨 맞던 알시아는 주방 쪽으로 몰려 있었고.

알시아는 이후 무슨 일이 벌어질지 알고는 본능적으로 칼을 찾아서 주중환을 찔렀다. 그리고 그놈이 쓰러지자 바로 주도연을 데리고 도망쳤다.

그렇게 도망치고 40분쯤 배회하다가, 신고받고 출동한 경찰에게 현장에서 체포되었다.

"일단 그 부분에 대해서는 진술이 엇갈리고 있어서요. 그리고 아시겠지만 주중환은 자신은 그런 적이 없다고 주장하고 있고, 검찰도 주중환의 진술을 믿고 있는 상황이고요."

'내가 봐서는 그냥 믿어 주는 척하는 것 같지만 말이지.'

노형진이 봐서는 그렇다.

더군다나 주중환은 경비원에게 구조받을 당시에 바지를 제대로 입고 있었다.

즉, 현장에서 그걸 증명할 방법이 없는 거다.

"그걸 뒤집을 만한 증거를 제출하거나 해야 하는데."

문제는 검찰이다.

검찰은 법적으로 피고인에게 유리한 증거를 감출 수 없다.

하지만 한국에서 법을 가장 지키지 않는 집단은 아이러니하게도 검찰이다.

당연하다. 기소 독점권을 가지고 있기 때문에 뭔 짓을 해도 자기들이 기소만 하지 않으면 그만이니까.

물론 경찰에 검찰 전담 수사 팀이 생기면서 그들이 기소권한을 가져가기도 했고, 공수처가 생겨서 그들이 검사를 기소할 수 있게 되기도 했다.

하지만 여기에 약점이 있으니, 그들이 기소할 수 있는 검찰의 범죄는 부패 범죄에만 한한다는 거다.

"즉, 사건을 무마하기 위해 뇌물을 받고 죄를 뒤집어씌운다거나 한 경우에만 가능하다는 겁니다."

"그러면 저 같은 경우는요?"

"그게 문제죠."

검사가 자신의 실적을 채우고 인사고과를 높이기 위해 피의자에게 유리한 증거를 감추고 불리한 증거만을 제출하는 행동을 막을 수 있는 방법은 없다.

실제로 해당 범죄의 공소권은 검찰에게 있다.

"말이 안 되는 거죠."

검사가 저지른 범죄는 소속 조직인 검찰만이 처벌할 수 있으니 당연히 제대로 굴러갈 리가 없다.

"실제로 검사들이 그런 짓거리를 엄청 많이 합니다."

더군다나 이걸 외부에서 인식하기도 힘들다.

일단 사건의 검사 주체가 검찰인 데다가, 그 증거를 넘겨받기 위해서는 법원을 통해야 하는데 그 법원에 제출되는 증거 명단 역시 결국 검찰이 만드는 거니까.

"이번 사건도 마찬가지일 거고요."

물론 그 현장에서 무슨 일이 있었는지는 알 수 없다.

하지만 한 가지는 확실하다. 검찰은 진실을 밝히고자 하는 의지가 없는 조직이라는 것.

'수차례의 개혁에도 불구하고 말이지.'

애초에 당연하다면 당연한 거다.

결국 아무리 개혁해도 아래에 있는 놈이 올라오는 거다. 이미 오염될 대로 오염된 조직이 과연 그 정도로 바뀔까?

'그래서 어떻게든 기소권을 나누려고 했는데.'

그래서 노형진은 검사에 대한 기소권을 단순 부패 범죄가 아니라 기타 범죄에 대해서도 공수처나 경찰의 검찰 수사 전담 팀에 주는 걸 권유했지만, 검찰에서는 사실상 쿠데타를 일으키면서 정치인들을 압박했다.

그러자 결국 정치인들도 검사의 일반 범죄에 대한 처벌은 포기할 수밖에 없었다.

'뭐, 어쩔 수 없지.'

그렇다고 해서 그냥 당해 줄 생각은 없었지만.

"일단 제가 한번 알아보도록 하겠습니다."

노형진은 그렇게 말하며 자리에서 일어났다.

세상을 보는 시선

노형진은 사건을 가지고 바로 새론으로 돌아왔다.

물론 이 사건에 관해 새론의 허가를 받을 필요는 없다. 하지만 새론의 도움은 필요하다.

상대방은 범죄자가 아니라 검찰이고, 검찰은 자신들의 명예를 지킨다는 명목하에 온갖 수작질을 부릴 가능성이 크니까.

그들과 대등하게 싸우기 위해서는 이쪽도 도움을 좀 받아야 할 필요가 있다.

그래서 노형진은 김성식에게 회의를 요청했다.

"그래도 사건에 들어가는 돈은 알시아 씨가 빌린 돈으로 내기로 했습니다."

노형진의 말에 김성식은 고개를 끄덕거렸다.

"그나저나 그 변호사는 어떻게 할 건가? 내가 평을 좀 알아보니까 그리 실력이 좋은 놈은 아닌 모양이더군."

"유명한가 보죠?"

"로스쿨 출신이야. 비전 로펌에 있던 사람이고."

"비전 로펌요?"

노형진은 그 말에 고개를 갸웃했다.

비전 로펌은 새론처럼 초대형이나 순위를 따질 만한 기업은 아니지만 그래도 상당한 규모를 자랑하는 대형 로펌이었다.

"거기서 그렇게 병신 같은 놈을 쓸 리가 없는데?"

고개를 갸웃하자 김성식이 쓰게 웃었다.

"그 변호사 말이야, 알고 보니까 모 지방법원장 아드님이라네."

"아아아, 무슨 소리인지 알겠네요."

로펌에는 자리가 한정되어 있고, 그 자리에는 모든 변호사들이 들어가고 싶어 한다.

그래서 로펌은 기왕 받는 거 둘 중 하나만 받으려고 한다.

실력이 좋거나 정치적인 힘이 있거나.

"후자였던 모양이네요."

전자라면 비전 로펌에서 나와서 저러고 있을 리가 없으니까.

"자네가 일으킨 사법 개혁 와중에 해당 지방법원장이 감옥에 갔다네. 아직 거기에 있지."

"네? 그게 몇 년 전인데요?"

법원도 한번 뒤집었던 노형진이다. 당연히 그 과정에서 수많은 판검사들이 휘말려서 쫓겨나거나 감옥에 갔다.

"아직까지도 감옥에 있을 정도면 장난이 아니었다는 소리네요."

하지만 노형진이 쫓아내는 건 가능할지 몰라도 감옥에 오래 가두는 건 전혀 다른 문제다. 후배 판사들의 결정에 달려 있으니까.

당연히 대부분의 판사들은 잠깐만 구치소에 머무르다가 대충 집행유예로 풀려났다.

"살인까지 덮었더군. 그리고 피해자를 가해자로 바꾸라고 지시도 했고."

"헐."

"죄가 심해서 처벌이 강해졌지."

아무리 후배 판사라고 해도 이건 선을 넘었다고 할 정도의 상황.

그렇잖아도 개혁이 이루어지는 상황에서 그를 봐주면 자기 목숨까지 위험해질지도 모른다는 생각에 후배 판사가 안면몰수를 해 버린 것이다.

"그리고 끈 떨어진 연이 된 거군요."

"그래."

권력으로 밀어주던 아버지는 감옥으로 가 버렸고, 그 후에 실력도 부족하니 회사에서도 눈치 보지 않고 내쳐 버린 거다.

'하긴, 지방법원장을 할 정도의 인간이 이렇게 오래 감옥에 있다면 그건 재기 가능성이 없는 거지.'

단순히 살인을 덮으라고 지시한 정도라지만 실제로는 그 정도로 지방법원장이 이렇게 오래 감옥에 갇혀 있지 않는다.

사건을 자세하게 알 수는 없지만 아마 그 살인에 간접적으로 엮여 있을 가능성이 아주 크다.

"하여간 실력이 안 좋다 보니 그렇게 국선변호인이 필요한 사람들을 속여서 돈을 뜯어먹는 모양이야."

노형진이 끼어들어서 그런가, 해당 사건을 대충 처리하려고 했던 국선변호인은 결국 슬쩍 발을 빼고 도망갔다.

하긴, 같은 변호사라고 해도 실력 차도 어마어마한 데다가 결정적으로 노형진은 같은 변호사라고 봐주고 그러는 게 없으니까. 엮이는 순간 인생 조진다는 것쯤은 알고 있었기에 도망간 것이다.

"뭐, 그런다고 해서 제가 가만두진 않을 겁니다만."

이번에는 알시아와 엮이면서 발각된 것일 뿐, 그 인간이 변호사로서 제대로 활동하기를 기대하긴 힘들다.

더군다나 한창 실력을 쌓아야 하는 초임 시절에 아버지만 믿고 제대로 일하지 않았으니 당연히 실력도 부족할 테고.

"그런 변호사가 있다는 것 자체가 의뢰인에게는 악몽이죠."

"그러면 그 사람을 퇴출시키는 쪽으로 가야겠군."

"네, 그러시죠."

노형진은 간단하게 그의 인생을 결정했다.

직접적으로 손쓸 필요는 없었지만, 그렇다고 해서 계속 피해자가 발생하도록 방치할 생각도 없었다.

"그럼 그쪽은 내가 변호사 협회에 이야기하겠네. 그나저나 이 사건 말이야, 자네가 봤을 때는 어때?"

"솔직히 말씀드리면 이해가 안 갑니다. 살인미수가 처벌이 강하고 인사고과가 중요한 건 알지만, 굳이 이걸 살인미수로 처벌해야 하나 싶더군요."

이런 사건이라면 과잉 방어로 판단되어 집행유예 정도로 끝날 수 있는 사안이다.

정당방위로 몰아가고 싶지만 애석하게도 현행법상 법원에서 인정하지 않을 가능성이 크다.

"그러니까 말이야. 이해가 안 가. 아이에 대한 강간 시도는 긴급피난에 해당될 텐데 말이지."

세상에 어떤 엄마가 자기 딸이, 그것도 고작 열 살밖에 안 된 딸이 강간을 당할 위험에 빠졌는데 그걸 구경만 하겠는가?

"당연한 거긴 한데, 문제는 검찰에서 그 말을 안 믿는다는 거죠."

검찰은 애초에 그 말이 알시아가 살인의 누명을 벗기 위해 한 거짓말이라고 주장하고 있다.

"그걸 조사할 생각은 없고?"

"없으니까 이 지랄이 나고 있는 거 아니겠습니까? 입증 자체가 어려운 상황이니까 자기들 실적이나 채우겠다 뭐 이런 거죠."

물론 그 현장에서 일어난 사실을 증명하는 건 쉬운 일이 아니다. 집 안에 CCTV가 있는 것도 아니었으니까.

"하지만 아이가 있었지 않나? 아이가 그 상황에서 잠들어 있지는 않았을 것 같은데? 열 살이면 증인으로서 증거능력이 인정될 나이야."

엄마가 아빠에게 두들겨 맞아 울고 있는 상황에서 아이가 잠을 잘 수 있었겠는가?

"그게 문제인 게……."

노형진은 약간 쓰게 웃었다.

"경계선 지적 지능이랍니다."

"경계선 지적 지능?"

"네."

"그런……."

"그래서 검찰은 아이의 증거능력을 부정하고 있습니다."

경계선 지적 지능이란 사회생활을 할 수 있을 정도의 지능은 가지고 있지만 복잡한 논리연산은 하지 못하는 인지 장애를 말한다.

이 장애를 가진 사람은 간단한 단순 업무 같은 건 가능하

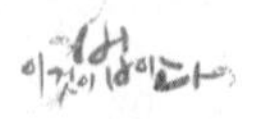

지만 사람들이 자신을 이용해 먹는다는 것은 쉽게 간파하지 못하는 경우가 많다.

'그래서 알시아 씨가 필리핀에 가면 절대 적응하지 못한다고 한 거였어.'

한국도 딱히 장애인 인프라가 잘되어 있는 건 아니지만 필리핀에 비하면 천국이다.

당연히 한국을 떠나서 필리핀으로 가면 필리핀어인 타갈로그어나 영어도 못하는 아이가 제대로 살아남을 수 있을까?

"경계선 지적 지능이라 아무래도 현실에 대한 확실한 인지가 부족하다고 주장하고 있습니다. 특히 알시아가 심어 준 아버지에 대한 가짜 환상을 아이가 진실로 믿는다는 거죠."

"미친…… 그게 가능하다고?"

"물론 가능은 합니다. 하지만 아주 오랜 시간을 해야 하지요."

사건이 벌어지고 두 사람이 같이 있던 시간은 고작 40여 분 정도. 그사이에 세뇌 같은 건 불가능하다.

"하지만 검사는 그걸 믿지 않더군요."

"믿고 싶지 않은 거겠지. 20톤 트럭이 1초 만에 정지할 수 있다고 믿는 지능이 어디 가진 않으니까."

김성식은 혀를 끌끌 찼다.

그들은 모르는 게 아니다. 그냥 자기 말이 맞다고 상대방이 인정하고 굴복하기를 바랄 뿐이지.

오죽하면 그들은 물리법칙이 자신의 권력에 굴복하기를

원하는 거라는 말이 나오겠는가?

"일단 이번 사건부터 해결하죠. 우선적으로 살펴봐야 할 것은 폭행입니다."

"그거야 어렵지 않게 증명할 수 있겠지."

소문이 워낙 파다하니까.

실제로 비명 소리 때문에 경비원이나 경찰이 출동한 일이 상당히 잦았기 때문이다.

"저쪽에서는 변칙적으로 해결하고 싶은 모양이지만, 우리는 정석적으로 해결하면 되는 겁니다."

사람들의 오해 중 하나가 바로 노형진이 정석적인 방법에 약하고 비정석적인 방법에 능하다는 거다.

하지만 현실은 정반대다.

아무리 능력이 좋다고 해도 정석적인 방법이 바탕이 되지 않으면 그 위에 올린 임기응변은 사상누각일 뿐이다.

"오랜만에 정석적인 방법인가?"

"네."

"재미있겠군."

"재미있을 겁니다, 후후후."

⚖

일단 폭행의 증거를 모으는 건 어렵지 않았다.

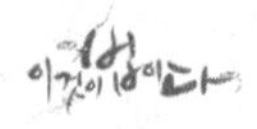

주변에서도 주중환이라는 존재에 대해 대부분 알고 있었으니까.

"주중환? 누구지?"

"1102호 그 새끼잖아, 매일 자기 마누라랑 딸 때리는."

"아, 그 미친 새끼."

지역 주민들은 주중환이라는 이름은 몰라도 사람 때리는 놈이라는 말에는 바로 기억해 낼 정도였다.

"말도 마세요. 그런 것도 꼴에 인간이라고."

주중환은 아내와 딸이 자신의 얼굴에 먹칠하고 있다고 말하곤 했지만 실제로 그런 짓을 한 것은 본인이었다.

"네, 혹시 아시는 부분이 있나요?"

"뭐, 여자 비명 소리랑 애 우는 소리가 자주 들렸다고 하더라고요."

노형진의 조사에 부녀자회 사람들은 기억난다는 듯 고개를 끄덕거렸다.

"나 그 사람 진짜 마음에 안 들어. 지나가면서 날 보는데 눈빛이…… 어휴."

"아, 그 뱀 같은 눈빛 말하는 거구나? 그렇지? 나도 당했다니까. 와, 진짜 미친 새끼야."

이런 부자 아파트 동네에는 미시라고 불리는 여성들이 있다. 결혼했음에도 불구하고 자기 관리를 잘해서 미혼처럼 보이는 사람들.

그들과 고생한 알시아의 차이를 가지고 꼬투리 잡던 게 주중환이니, 당연히 다른 여자들을 바라보는 시선이 좋았을 리가 없다.

"그런데 도대체 무슨 일이에요?"

"요즘 그 집 여자랑 애 둘 다 안 보이던데."

"그러고 보니 그 집에 남자만 왔다 갔다 하던데?"

노형진의 질문을 받던 여자는 호기심을 가진 듯 물었다.

노형진은 그 말에 헛기침했다.

"크흠, 그게 말씀드리기가 좀……."

"에이, 그런 게 어디 있어. 좀 말해 줘 봐요."

"그러게. 우리도 걱정돼서 물어보는 거라니까."

살랑살랑하면서 물어보는 두 여자의 말에 노형진은 살짝 묘한 표정을 짓고는 목소리를 낮춰서 말했다.

"그…… 이거 어디 가서 말하시면 안 됩니다."

"뭔데요?"

"미성년자 강간 사건이 좀……."

"미성년자? 어머, 어머!"

"그럴 줄 알았다니까, 그 미친 새끼!"

두 여자는 눈을 크게 뜨고 서로 떠들기 시작했다.

그러자 조사를 위해 동행한 변호사, 김승연은 눈을 크게 떴다.

"노 변호사님?"

김승연 변호사는 얼마 전 새론에 들어온 변호사로 신입이다.

그녀는 다른 많은 변호사들처럼 노형진이 이룩한 사건 기록을 보면서 배웠다.

그 과정에서 노형진을 존경하게 된 김승연은 기회가 된다면 언제든 같이 일하면서 배우고 싶다고 계속 이야기했고, 그 결과 김성식에게 이번 기회에 한번 같이 일해 보라고 권유받게 된 것이다.

즉, 그녀에게 노형진은 영웅 같은 존재였다.

그런데 그런 노형진이 이렇게 쉽게 정보를 흘리다니.

새론이라는 거대한 로펌을 만든 영웅이, 여자가 살랑거린다고 해서 정보를 흘린다?

그럴 리가.

김승연은 세계 최고의 미녀가 눈앞에서 훌라춤을 춰도 노형진이 눈도 깜짝 안 할 거라 믿고 있었다.

그랬기에 이 상황이 매우 혼란스러웠다.

"네?"

"아니, 저기 그……."

"하하하, 이따 말씀드리죠."

노형진은 씩 웃었다. 그리고 두 사람에게 다시 질문을 던졌다.

"그래서, 더 아시는 거 있습니까?"

"정보요? 정보라고 하면……."

두 여자는 고민하는 듯하다가 문득 생각난 듯 말했다.

"허씨 아저씨는 뭐 좀 알려나?"

"허씨 아저씨? 아, 그 아저씨는 좀 알겠구나."

"허씨 아저씨?"

"아, 경비원 아저씨 한 명 있어요. 그런데 주중환이 너무 괴롭혀서 여기를 그만두셨어요."

"맞아요. 와이프하고 딸을 두들겨 패는 걸 아니까 신고 없이도 몇 번 집에 찾아가서 막고 그랬다던데."

"허씨 아저씨가 경찰을 몇 번이나 불렀다잖아."

요약하자면, 주중환이 경찰에게 창피를 당했다고 하도 지랄해 대고 괴롭혀서 경비원을 그만뒀다는 것이다.

'호오? 그렇단 말이지.'

그런 사람이라면 의외로 정보를 가지고 있을지도 모른다는 생각에 노형진은 씩 하고 웃었다.

"감사합니다."

노형진은 인사하고 뒤로 물러났다.

노형진과 함께 나온 김승연 변호사는 떨리는 목소리로 물었다. 자신의 영웅이 여자에게 흔들린다는 걸 믿을 수 없다는 투로 말이다.

"진짜로 왜 그런 이야기를 하신 거예요? 사건의 공개는 불법이잖아요."

노형진은 그 말에 김승연을 보면서 씩 하고 웃었다.

"김승연 변호사님."

"네?"

"아직 많이 배우셔야겠습니다."

"그거야…… 그런데……."

김승연 변호사는 독특한 위치의 사람이다.

그간 새론은 기존 사법연수원 출신과 로스쿨 출신 간의 알력 싸움을 걱정해서 로스쿨 출신을 하늘이라는 계열사 로펌으로 흡수하는 전략을 취했다.

하지만 그렇다고 해서 새론에서는 아예 로스쿨 출신의 신입을 받지 않은 건 아니었다.

사법연수원이 사라졌으니 장기적으로 로스쿨 출신을 안 받을 수는 없으니까.

그런 연유로 새롭게 받은 사람이 바로 김승연 변호사였다.

그녀는 입사 지원을 할 때부터 노형진 변호사를 존경한다고 말했다.

그러니 노형진의 칠칠치 못한 모습에 충격을 받은 것이리라.

"제가 설마 두 여자분한테 반해 정보를 흘렸겠습니까?"

"네? 하지만 제가 봤을 때는……."

차마 대선배에게 그렇다고 말할 수는 없어서 말을 흐리는 김승연.

'그래도 기본은 된 사람이네.'

아부하는 타입이라면 이런 말조차 하지 않았을 테니까.

노형진은 그런 타입은 그다지 원하지 않는다.

"그건 그 두 분이 원해서 그런 것뿐입니다."

"네? 그게 무슨 말씀이시죠?"

"이번 사건 기록 보셨지요?"

"네? 아, 네. 봤죠."

"그 사건 기록에 주민들에 대한 조사 내용이 있던가요?"

"없었죠."

"맞습니다. 없었죠."

왜냐하면, 그다지 나올 게 없으니까.

"아파트에서 사건이 벌어지면 사람들에게는 질문을 거의 하지 않습니다. 아파트 문화라는 게 그렇거든요."

각자 알아서 사는 폐쇄적인 문화라 이웃에 대해 잘 알려고 하지 않는다. 당연히 나올 만한 것도 없다.

설사 안다고 해도 귀찮아서 이야기하지 않으려고 한다. 나중에 증인으로 불려 나가기 귀찮은 거다.

"그거야 알죠. 저도 아파트에서 쭉 살았으니까. 하지만 그게 이번 사건과 무슨 관련이 있다고요?"

"우리 새론의 이름은 생각보다 무겁습니다. 사법 시스템 안에 있는 사람들은 의외로 우리를 두려워하죠."

그도 그럴 게, 단순히 재판에서 이기는 게 목적인 다른 로펌과 다르게 제대로 일하지 않거나 불합리한 행동을 했을 경우 사법 시스템 안에서 일하는 당사자를 갈이 갈아 버리기 때문에 보통 새론을 부담스러워한다.

"그러면 우리가 끼어들었을 경우 경찰이나 검찰은 과연 이 지역에 대한 탐문을 제대로 할까요, 안 할까요? 김승연 변호사님도 검사의 기록을 보고 부실하다고 하셨지 않습니까?"

"그랬지요."

철저하게 일하기 편하게, 쉬운 방식으로 쓰인 사건 기록의 조사.

가해자의 주장이 대부분이고 피해자의 방어권이 보장되지 않은 검찰의 주장.

"아마 경찰에서는 혹시나 실수한 게 없을까 하고 다시 확인하러 올 겁니다."

"그런데요?"

"아까 그 두 분, 입이 제법 가벼워 보이지 않던가요?"

"그런데요?"

여전히 영문을 모르겠다는 김승연의 말에 노형진은 피식 웃으며 답했다.

"그분들이 제가 딴 데서 말하지 말라고 한 걸 지킬까요, 안 지킬까요?"

"안 지킬 것 같은데요."

"그러면 경찰이 다시 조사하러 왔을 때 어떤 소문이 돌겠습니까?"

"그거야…… 아!"

그제야 노형진이 뭘 노린 건지 알아차린 김승연은 눈을 크게 떴다.

"이번 사건에서의 핵심 요소는 바로 딸인 주도연 양에게 주중환이 성범죄를 시도했느냐 안 했느냐입니다."

그게 사실이라면 알시아를 풀어 줄 수도 있다.

정당방위나 긴급피난으로 처리할 수 있게 되고, 무죄 또는 집행유예를 노려 볼 수도 있다.

"하지만 사건 기록을 공개하는 건 불법인데……."

"그건 검사에게 해당됩니다. 변호사는 아니죠."

"네?"

"의외로 한국 사법 시스템의 함정이기도 합니다. 교육은 많은 걸 배우게 하지만 많은 고정관념을 만들기도 하지요. 독재자들이 가장 먼저 교육에 손대는 데에는 다 이유가 있습니다."

"그게 무슨 말이죠?"

"한국의 법 교육은 법을 지키는 검사나 판사 같은 기준으로 진행됩니다. 법을 대상으로 싸우는 변호사로서의 입장이 아니라요. 물론 그게 나쁜 건 아닙니다. 하지만 다시 말하거니와, 변호사는 법을 대상으로 싸워야 하는 입장이지요."

그 말에 김승연은 충격을 받았다.

지금까지 단 한 번도 그렇게 생각해 본 적이 없으니까.

하지만 생각해 보면 틀린 말은 아니다.

로스쿨에서 배운 것도 학원에서 배운 것도, 검찰이나 법원을 기준으로 해석된 것들이지 변호사를 기준으로 한 것은 아니었다.

물론 법원이 판단의 기준이라 그렇게 해석한 것이겠지만, 그에 대항해서 싸울 수 있는 방법은 알려 주지 않는다.

"사람들은 법이 공정하다고 생각하지요. 애석하게도 법은 공정하지 않습니다. 공정할 수가 없죠."

법을 만드는 사람도, 법을 집행하는 사람도 한국에서는 기득권이다.

법을 해석하는 사람이 공정하지 않은데 과연 법이 공정해질까?

"법이 공정하다는 말은 유토피아와 같습니다. 이상향이지만, 이룩할 수는 없죠."

"……."

"로스쿨에서 배운 것도 마찬가지입니다. 거기서 배운 해석대로라면 우리는 절대로 사법 시스템을 못 이깁니다."

"어째서요?"

"사법 시스템은 지금까지 방어자에게, 그러니까 검찰과 법원에 유리하게 적용되었습니다."

기울어진 운동장이라는 말이 있다.

여성계에서 종종 쓰는 말이지만, 노형진이 봤을 때는 법률계도 기울어진 운동장이다.

당장 사법연수원만 봐도 가장 성적이 좋은 사람들은 법원으로 빠져나가고, 그다음에 성적 좋은 사람들이 검사로 빠져나간다.

그리고 남은 사람들은 변호사가 된다.

1등 하고도 변호사를 선택한 노형진은 아주 특수한 경우다.

"아마 아실 겁니다, 사법의 판단에서 중요한 건 국영수가 아니라 판단력이라는 걸."

하지만 사법연수원 시절 대부분의 판검사들은 사회 경험이 없는 사회 초년생들이었다.

당연히 판단할 근거나 일반적인 사회 경험이 턱없이 부족했고, 실제로도 그건 여러 번 뉴스를 타서 문제가 되었다.

"지금 검사도 마찬가지죠."

로스쿨에서 성적이 좋은 순으로 잘라서 데려가니까.

"그래도 판사는 공정하게 임용되지 않나요? 이제는 기존 변호사들 중에서 데려가잖아요."

"그것도 함정이죠."

"함정이라고요?"

김승연은 그 말에 어리둥절했다.

미국도 그 방법을 쓸 정도로, 방금 노형진이 말한 사회적

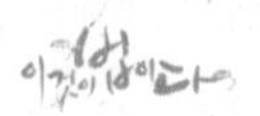

경험 부족을 메꿀 수 있는 방법이니까.

"아니, 함정이라기보다는 눈속임이라고 봐야겠네요."

"눈속임요?"

"네."

"어째서요? 공정한 방법 같은데."

"한국에서 최고의 가치는 돈입니다. 윗선은 그래요."

"그런데요?"

"그리고 판단력과 이해력이 좋을수록 변호사의 실력은 좋아지죠. 그건 아실 겁니다."

"맞아요. 그래서 변호사 중에서 뽑는 거 아닌가요?"

"돈을 수억 단위로 버는 변호사들이 과연 매달 몇백만 원짜리 공무원을 하려고 할까요?"

그 말에 김승연은 혼란스러웠다.

그도 그럴 게, 그녀가 지금은 변호사지만 최종적인 목표는 바로 판사이기 때문이다.

"판사는 박봉입니다. 의외로 월급이 많지 않아요. 영화나 드라마에서 으리으리한 아파트에 살면서 집에 가정부를 두는 건 부패하지 않는 이상 불가능한 일입니다."

실제로 공무원으로서 판사의 월급은 넉넉할지언정 풍족할 정도는 아니다.

"하지만 존경의 대상이……."

"그게 문제죠. 한국에서 언제부터 판사가 존경의 대상이었습니까?"

"……."

한국에서 판사는 존경의 대상이 아니다. 대부분의 국민들은 판사와 검사를 개혁의 대상으로 바라본다.

존경의 가면을 쓰고 서류에는 '존경하는 재판장님'이라고 쓸지언정, 진정으로 한 사회의 지도자로서 존경하지는 않는다.

당장 영화나 드라마에서 으리으리한 집이 나오는 것 자체가 그 심리적 반영이다.

작가들이 판검사들의 월급을 모를까? 인터넷에 다 공개되어 있는데.

하지만 작가들은 판검사들이 부패를 저지른다고 가정하고 글을 쓰는 거다.

"존경……."

그리고 판단력 좋은 사람들이 일개 초임 변호사조차도 아는 걸 모를까?

존경도 못 받고 돈도 못 버는, 생각보다 강력한 3D 업종.

그게 바로 진짜 판사의 세계다.

'제대로 된 판사'라면 말이다.

"미국에서는 사람들이 판사들에게 존경심을 품습니다. 한국과는 달라요."

미국에서 판사는 진짜 존경의 대상이다. 그에 반해 한국은 아니다.

미래에는 어떨지 모르지만 현재는 그렇다.

"그렇기에 우리나라에서 판사들의 세계에 들어가는 사람들은 둘 중 하나죠."

그걸 바꿔 보겠다고 똥물을 뒤집어쓸 걸 각오한 부류나, 아니면 판사로서 이름을 알리고 크게 한탕 하려는 부류.

"눈속임이다…… 이건가요?"

"사법연수원에서는 말입니다, 판결문에 확언을 넣지 말라고 가르쳤습니다. 하지만 로스쿨은 모르겠네요."

'뭐뭐이다.'라는 형태가 아니라 '뭐뭐라고 볼 수 있다.', '뭐뭐로 보인다.', '뭐뭐 하여야 한다.' 등등.

모두 두리뭉실한 단어를 쓴다.

"이유는 간단하죠. 판사의 책임을 회피하기 위해서. 그리고 여전히 그 당시 사람들이 이 대한민국을 이끌고 있습니다."

노형진에게 새로운 말을 들은 김승연은 충격을 받았다.

자신이 알던 모든 법률적 상식이 무너지는 느낌이었으니까.

"새론으로 오신 이상 김승연 변호사님도 치열하게 배워야 합니다."

변호사로서 법을 해석하고 이용하는 방법, 그리고 법과 싸우는 방법을 배워야 한다. 그러지 않으면 도태된다.

"그리고 나중에 판사가 되시면, 양쪽이 다 거짓말을 한다고 봐야 합니다."

"양쪽 다요?"

"네."

변호사는 의뢰인을 지키기 위해, 검사는 실적을 지키기 위해.

"그 안에서 진실을 찾아야 제대로 된 판사죠."

그 말에 김승연은 숨이 막혔다. 그런 생각은 해 본 적이 없었으니까.

하지만 어느 정도는 노형진의 말이 이해되었다.

'만일 내가 그냥 판사가 되었다면? 아마 검사 측에 확증 편향적인 판결을 내렸을 거야.'

그녀는 법은 공정하고 평등하며 사법 시스템은 정의롭다는 걸 기반으로 배웠다.

하지만 현실은 아니다.

그건 알고 있다. 하지만 머리로 이해하는 것과 단순히 아는 건 전혀 다른 문제.

"그러면 이번에 그렇게 소문이 돌게 하신 건……?"

"이중 함정입니다."

"이중 함정요?"

"네. 이런 소문이 돈다는 말이 검사 입에서 나올 경우 판사는 피의자에게 유리한 증거로 인식하니까요."

"하지만 그걸 검사가 공개하지 않을 수도 있잖아요?"

"압니다. 그래서 이중 함정이라는 겁니다. 그걸 검찰이 공개하지 않는다고 해서 우리도 공개하지 말라는 법은 없지요. 그렇게 된다면 검찰이 유리한 증거를 은폐했다는 증거가 될 겁니다.”

“그런 방법이 있군요!”

김승연은 탄성을 내질렀다.

그럴 수밖에 없는 게, 노형진의 말대로 이건 이중 함정이라 어떤 방법으로도 검사가 피해 갈 수가 없으니까.

그저 소문이라 해도, 검사 입장에서 자신이 무시한 아동 강간과 관련된 소문이 도는 건 부담스러운 일이다.

그는 그것이 피의자가 혐의에서 벗어나기 위해 한 거짓말이라고 주장했기 때문이다.

하지만 ‘아니 땐 굴뚝에 연기가 날까?’라는 말처럼, 소문이 돌면 사건에 대해 의심할 수밖에 없다.

결국 검사는 소문을 증거로 제출할 수밖에 없다.

감추면?

노형진이 먼저 증거로 제출하면서 왜 감췄냐고 따지고 들 테니, 검사는 자신이 왜 감춘 것인지에 대해 말해야 한다.

“아시겠지만 그 일은 이번 사건에서 중요한 요소입니다. 살인미수냐, 아니면 과잉 방어냐. 둘의 차이는 어마어마하게 크지요.”

“하긴, 검사가 어디서부터 소문이 시작되었는지 추적할 리는 없겠군요.”

설사 추적한다고 해도 소문이라는 게 원래 추적하기가 쉽지 않다.

인터넷 로그가 있는 것도 추적하기 어려운데 입에서 입으로 옮겨 가는 게 쉽겠는가?

"더군다나 추적한다고 해서 저한테 뭐라고 할 수 있을까요?"

"그러니까요. 변호사가 해당 사건을 공개하는 건 딱히 불법이 아니니까."

범죄 사실을 공소 제기 전에 외부에 알렸을 경우에 해당되는 범죄인 피의 사실 공표죄는 형법 126조다.

그런데 그 규정에 의하면 검찰, 경찰, 그 밖에 범죄 수사에 관한 직무를 행하는 사람 또는 감독하거나 보조하는 사람이 당사자에 해당되며, 변호사는 거기에 속하지 않는다.

그래서 실제로 실력 좋은 변호사들은 이를 이용해 종종 여론전을 벌이기도 한다.

"대단하시네요."

"감사합니다. 저한테 많이 배우면 더 잘하실 수 있을 겁니다."

"네, 그래야겠어요. 법이 공정하지 않다는 건 알고 있었지만 그게 교육받는 순간부터 시작된다고는 생각을……."

말하던 김승연은 문득 머릿속에서 번쩍하고 어떤 생각이 떠오르는 것을 느꼈다. 그리고 갑자기 소름이 돋았다.

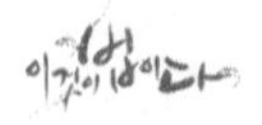

"노 변호사님."

"네?"

"혹시……요……."

"네, 말씀하세요."

"판사들 사이에서도 스타…… 판사 같은 거…… 생각 중이신가요?"

"그거야……."

노형진은 씩 웃을 뿐이었다.

그러나 김승연은 그 미소에서 이미 답을 얻은 상태였다.

'도대체 몇 수를 내다보는 거지?'

새로운 사법 시스템의 문제점을 이미 보고 있던 노형진이었다. 그걸 가만둘까?

돈도, 명예도 없는 판사의 자리.

그리고 그곳에 가야 하는 변호사들.

실력 좋은 변호사들은 가고 싶어 하지만 돈이 발목을 잡는다.

그런데 새론의 변호사들은? 거기서 자유롭다.

싼 수임료를 보완하기 위해 새론에서 미다스를 통해 투자하니까.

그리고 투자하는 것은 불법이 아니다.

당연히 판사가 된다고 해서 굳이 해지할 필요는 없다.

애초에 그럴 수도 없는 게, 정치인들이 새론을 통해 미다스에게 직접 투자해서 번 돈만 해도 수백억이 넘는다.

만일 공직에 진출했다고 그걸 막아 버린다면 정치인들부터 다 털려 나가게 된다.

당연하게도 정치인들이 자기 돈줄을 날려 버릴 리는 없다.

즉, 새론의 변호사들은 다른 곳보다 실력도 좋고 사회적 평도 좋은 데다가 자금 부담마저 없는 것이다.

이런 이들이 대거 법원에 입성한다면?

실제로 얼마 전부터 판사로서 법원에 입성하는 새론의 사람들이 한 명 두 명 늘고 있다.

"김승연 변호사님은 나중에 판사가 되는 게 꿈이라고 했지요?"

"네!"

"그때 잘 부탁드립니다."

노형진의 말투는 가벼웠지만 김승연은 문득 그런 노형진이 거대하게 느껴졌다.

'이게 천재라는 거구나.'

부패한 자들은 사람들이 모르는 몇 수를 파고들어서 준비해 놨지만 노형진은 그보다 더 몇 수를 노리고 있었다.

"열심히 배우겠습니다!"

김승연은 다시 한번 존경심이 무럭무럭 피어올랐다.

⚖

"새론? 씨팔, 새론이라고? 아니, 새론이 거기서 왜 튀어나와? 그 베트남 년이 뭐 대단하다고!"

이번 사건을 담당하는 검사는 우순창 검사였다.

그는 얼굴이 시커먼 외국인 여자가 피의자로 들어오자 일 좀 편하게 할 수 있겠다고 웃었었다.

외국인은 자기방어도 제대로 못하는 경우가 대부분이니까.

그런데 갑자기 새론이라는 핵폭탄이 끼어들었다는 말에 그는 기겁할 수밖에 없었다.

욕을 퍼부어 대는 우순창 검사의 말에 옆에 있던 김학진 수사관이 눈을 찡그리며 말했다.

"필리핀 여성입니다, 베트남이 아니라. 그리고 이미 한국 국적을 딴 한국 사람입니다만?"

"지랄. 국적 따면 다 한국인이야? 타고난 핏줄이 어디 가는 거 아니잖아? 그리고 거기도 더럽게 못사는 동네 아니야?"

"다릅니다. 그리고 재판하는데 국적이 왜 들어갑니까? 공정하게 하셔야지요."

"입 닥치고 있어. 어디 수사관 따위가 검사한테 입을 털어?"

'저 새끼가 진짜.'

우순창의 말에 김학진은 이를 박박 갈았다.

'개 같은 새끼. 아버지 백으로 검사가 된 거면서.'

사실 두 사람은 같은 로스쿨을 나온 동기다.

하지만 실력은 김학진이 훨씬 나았다.

김학진이 1~2등을 다툴 때 우순창은 중위권도 간당간당한 수준이었다.

그런데 그걸로 우순창에게 밉보인 게 문제였다.

가난하고 힘없는 김학진이 우순창을 매번 이기자 우순창이 김학진에게 자격지심을 가지게 된 것이다.

다만 성적 차이도 어마어마하게 나는데 왜 굳이 자신에게만 자격지심을 가지는지는 김학진도 몰랐다.

그리고 그렇게 데면데면한 관계는 변호사 시험에 둘 다 합격하면서 틀어져 버렸다.

현행법상 변호사 시험 합격자는 일정 기간 로펌 등지에서 연수받아야 한다. 하지만 어째서인지 김학진은 좋은 성적으로 합격했음에도 불구하고 자리가 나지 않았다.

어찌어찌해서 간신히 연수를 마치기는 했지만, 그 이후에도 어떤 로펌에서도 그를 받아 주지 않았다.

개인적으로 변호사 사무실을 내기도 했지만 초임 로스쿨 개인 변호사에게 사건을 의뢰하는 사람은 거의 없었다.

그는 결국 변호사를 포기하고 다시 공무원 시험을 봐서 검찰 공무원이 되었다.

변호사 자격증이 있으면 가산점이 있기 때문에 검찰 공무원으로 합격하는 건 어려운 일이 아니었다.

그리고 때마침 검사로 들어온 우순창의 아래로 발령되었

다.

기묘한 타이밍.

하지만 김학진은 모두 우연이라고 생각했다.

그저 자신이 불운한 것이라고 여긴 것이다.

하지만 우순창과 만나 술을 마시던 날, 술에 취한 우순창이 떠든 말에 이 모든 일이 그의 소행이라는 걸 알았다.

심한 자격지심을 견디다 못한 우순창이 아버지에게 말해서 김학진이 연수를 못 받게 방해한 것이다.

그 결과가 김학진이 변호사의 길을 포기하고 검찰 공무원으로 입사하는 것이었고.

의외로 그런 로스쿨 출신 변호사들이 많다.

우순창은 그 사실을 알고 일부러 자신을 여기에 배정한 것이다.

'병신 같은 새끼.'

우순창이 그렇다고 실력이 있냐 하면 그것도 아니다.

우순창은 성적도 아버지의 힘으로 받았다. 아버지가 힘이 있다는 이유로 가점을 받았음에도 간신히 중위권 정도였다.

진짜 토론이라도 할라치면 중하위권에 있는 학생에게도 개털린 게 우순창이다.

"너 이 새끼 옷 벗고 싶어? 네가 잘났으면 얼마나 잘났어? 어? 씨팔, 그지 같은 새끼들이 비슷비슷하지. 필리핀이면 어떻고 베트남이면 뭐 어때? 너도 그지새끼라서 뭐 동병상련 그런 거 느끼냐?"

목구멍이 포도청이라는 사실을 알고 있는 우순창은 매번 저딴 식으로 사람 속을 긁었다.

"하여간 없는 새끼들 수준은."

고개를 절레절레 흔드는 우순창.

"끄응, 그나저나 이거 어쩐다. 새론, 그것도 노형진이면 완전 머리 아픈데."

잠시 고민하던 우순창은 전화기를 들어서 여기저기 전화를 돌렸다. 그리고 잠시 후 자리에서 일어났다.

"오늘 중으로 아까 시킨 거 다 처리하고 나가라. 알았냐?"

"네."

물론 그걸 다 하기 위해서는 퇴근을 포기해야 한다.

우순창이 떠나자 김학진은 눈을 찡그렸다.

그가 나가자마자 입에서 육성으로 욕이 튀어나왔다.

"개 같은 새끼. 자기가 잘났으면 얼마나 잘났다고. 아오, 씨발."

원래대로라면 그 검사 자리를 추천받아야 하는 건 그였다.

하지만 우순창이 그 자리마저 빼앗은 거다.

자신은 인성 부족이라는 이유로 추천을 못 받았다.

물론 당연히 그 뒤에는 우순창의 아버지가 있고.

"미친 새끼."

김학진은 눈을 찡그리면서 일을 시작했다.

조금이라도 자 두려면 이 일을 어떻게든 끝내야 하니까.

그 순간 그의 핸드폰이 울렸다.

"승연이가 웬일이지?"

김승연. 자신의 학교 후배다.

변호사가 되었다는 소식을 전해 듣기는 했지만 사실 김학진은 후배가 연락하는 게 반갑지 않았다.

자신은 실패해서 공무원이 되었는데 후배들은 변호사라니.

-아, 선배. 오랜만이에요.

"시간 없다. 빨리 말해."

-아니, 어떻게 학교 때랑 그대로야? 그러니까 여자한테 인기가 없지.

"그래, 인싸가 아싸의 인생을 어찌 알겠냐? 나 할 거 많아."

-선배, 순창이 그 새끼 아래에 있다면서요?

"하아! 너한테까지 소문났냐?"

그 말에 김학진은 긴 한숨을 내쉬었다.

하긴, 같은 업계에 있으니 소문이 나지 않을 리가 없다.

-변호사 안 해요?

"자리가 있어야 하지."

물론 우순창의 아버지의 힘이 닿지 않는 곳이 없는 것은 아니다. 새론이나 하늘에는 그의 손도 닿지 않는다.

그 정도가 아니라, 부당한 압력을 넣는 순간 우순창의 아버지는 아마 영혼까지 탈탈 털려서 주소를 길바닥으로 옮기게 될 거다.

—혹시 새론 안 올래요?

"새론?"

그 말에 김학진은 혹했다.

사실 많은 변호사들의 꿈이 바로 새론에 가는 것이 아니던가? 가고 싶어도 가지 못해서 문제인 것뿐이다.

하지만 새론은 여러모로 한정된 인원만 받아들인다.

성적뿐만 아니라 인성까지 확인되지 않으면 받아들이지 않는다.

—노 변호사님이 한번 만나 뵙고 싶다는데.

그 말에 김학진은 소름이 돋았다.

그리고 제출된 서류로 시선을 향했다.

변호사 선임계. 그리고 거기에 박혀 있는 노형진이라는 이름.

"으음……."

김학진의 입에서 고민으로 가득한 신음이 흘러나왔다.

⚖

"스카우트라면 받아들이겠습니다만 정보를 달라고 하신다

면 거절하겠습니다."

김학진이 노형진을 만나자마자 한 말이다.

그 말에 노형진은 살짝 어이없는 표정을 지었다가 피식 웃었다.

"그럴 이유가 있나요?"

"네?"

"아, 우순창 아래에서 일하신다니 제 선임계를 보셨나 보네요. 그런데 제가 굳이 사건 관련 비밀을 알려 달라고 할 필요가 있을까요?"

"아…… 음, 그건 아니죠."

"이번 자리는 명백하게 스카우트입니다만?"

그 말에 김학진은 얼굴이 붉어졌다. 설레발친 셈이니까.

"그래도 마음에 들었습니다."

"네? 왜요? 아니, 제가 실수한 건데."

"실수는 누구나 합니다. 저도 하는 실수인데요. 다만 기회를 잡기 위해 직업윤리를 버리시진 않았잖습니까, 누구처럼?"

그 말에 김학진은 더더욱 얼굴이 붉어졌다.

확실히 우순창은 그런 놈이니까.

"이번에 저희 새론에 빈자리가 좀 났습니다. 많은 변호사들이 검사와 변호사로 자리를 옮기셨거든요."

"들었습니다. 숫자가 적지 않더군요."

"네. 그래서 그 자리를 채우는 중입니다."

그렇다고 해서 아무나 받을 수는 없는 노릇. 인성도 문제고 미래도 봐야 한다. 그리고 김승연이 추천한 사람이 바로 김학진이었다.

'인성은 된 것 같고.'

만일 김학진이 자존심을 꺾고 한 번만 기었다면 그는 여전히 변호사로 일하고 있을 것이다.

하지만 그는 그러지 않았다.

그런 점이 노형진에게는 가산점이 되었다.

"새론으로 오시죠. 변호사 자격증, 아직 살아 있으시지요?"

"네."

변호사 자격증은 취득자가 반납하기 전까지는 유지된다.

그리고 공무원을 한다고 해서 변호사 자격증을 반납할 이유는 없다.

겸직금지 조항이 있기는 하지만 그건 변호사 일을 하지 말라는 거지 변호사 자격을 보유하지도 말라는 소리는 아니다.

실제로 실력이 돼도 인맥을 만들기 위해 검찰 공무원 시험을 치르는 변호사도 있다.

"좋습니다. 물론 바로 선임이 되시긴 힘들고 1년간의 유예기간이 있습니다. 저희 새론의 조건은 아시죠?"

"네. 유명하지 않습니까?"

"그래서 드리는 말씀입니다만, 1년간의 유예기간 내에 계

약이 해지되는 경우에는 투자금과 수익을 그 당시 기준으로 상환하겠습니다."

"알겠습니다."

"일단 출근은 2주 후로 하시죠. 사표도 내시고 인수인계도 하셔야 할 테니."

정말로 사건과는 전혀 상관없는 스카우트 자리였는데, 김학진에게는 그게 더 이상하게 느껴졌다.

"그러면 이 정도면 서로 충분히 양해는 된 것 같군요."

노형진이 흡족한 얼굴로 일어나려고 하자 김학진은 왠지 미안해졌다.

오해한 것도 미안했고, 한편으로는 자신이 입장상 아무것도 할 수가 없는 것도 미안했다.

"아…… 저기."

"네?"

나가려는 노형진을, 김학진이 붙잡았다.

"사실은 말씀드릴 게 있습니다. 그…… 사건에 관한 건 아니고, 우순창을 비롯한 젊은 검사와 판사 들이 뭔가를 할 거라 생각됩니다."

최근 들어 우순창과 젊은 판검사들의 모임이 자주 생기고 있다. 그런데 그때를 전후로 노형진과 새론에 대한 욕이 늘어났다.

그리고 들리는 소문에 의하면 그렇게 모인 젊은 판검사들은 집안의 후광이 강한 이들이라고 한다.

"우연치고는…… 이상해서요……."

김학진은 걱정스럽게 말했다.

그런 김학진의 말에 노형진은 미소 지으며 답했다.

"김학진 변호사님, 걸레 빨아 보신 적 있습니까?"

"네?"

"걸레 말입니다. 더러운 곳을 닦아 내는 천요."

"당연히 빨아 봤지요."

"그게 한 번에 깨끗해지던가요?"

"아니요."

"세상도 마찬가지입니다."

노형진은 검찰과 경찰 그리고 사법부를 털어서 상당 부분 정화했다.

하지만 그렇다고 해서 완전히 깨끗해졌다고 믿지는 않는다.

걸레는 절대 한 번에 깨끗해지지 않는다. 몇 번이나 헹구고 햇빛에 말려서 살균 소독도 해야 한다. 그러지 않으면 쉰내가 풀풀 난다.

"원래 말입니다, 로스쿨은 이런 제도가 아니었습니다."

"그게 무슨 말씀이신지?"

"모든 정책들처럼, 로스쿨도 처음 시작한 목적은 좋았다는 거죠."

원래 로스쿨의 첫 번째 목적은 더 많은 변호사를 만들어서 더 많은 사람들에게 공정한 법률적 서비스를 제공하자는 것이었다.

노형진과 같은 목적성을 가지고 진행된 거다.

그래서 로스쿨의 숫자도 예전에는 더 많았고 지금처럼 학비가 비싸지도 않았다.

하지만 현실은?

"지금의 로스쿨은 일종의 음서 제도죠."

그나마 사법연수원은 어느 정도 걸러 내는 망이라도 되었다.

하지만 로스쿨은 아니다.

당장 김학진만 보더라도, 실력과 상관없이 공무원으로 퇴출되었다. 인맥도 정치적 힘도 없기 때문이다.

"지금쯤이면 슬슬 부패한 놈들의 자식들이 하나씩 자리 잡을 시기입니다."

즉, 노형진은 그놈들이 가만히 있지 않을 거라는 것쯤은 알고 있었다.

"걸레는 몇 번이나 빨고 또 빨아야 합니다. 이제 한번 헹군 것뿐인데요, 뭐."

"……."

"기다려지네요, 과연 부패의 새싹들이 뭘 할지 말입니다, 후후후. 아, 부탁 하나 해도 될까요?"

"부탁요?"

"사표 내실 때 말입니다, 우리가 계속 지켜보고 있다고 말 한마디만 해 주세요."

"네? 그게 무슨 말입니까? 재판에 관련된 거라면 거절하겠습니다."

"재판에 관련된 건 아니고 제가 한 방 먹이려고요."

"그래요? 그런 거라면 기꺼이 하지요."

한 방 먹일 거라는 말에 김학진은 갑자기 기분이 좋아졌다.

⚖

"뭐? 김학진 그 새끼가 새론으로 넘어갔어?"

"그래, 사표를 제출했어. 새론으로 스카우트된 거 아냐?"

"미친. 그 새끼가 우리에 대해 아는 거 있어?"

"없을 거야. 우리 모임에 대해 말한 적은 없으니까."

우순창의 말에 다들 안도의 한숨을 내쉬었다.

뛰어난 이들이었다면 김학진이 새론으로 스카우트된 것을 놓고 여러 추론을 벌였겠지만, 이들은 아니었다. 실력으로 지금의 자리를 거머쥔 것이 아니었기 때문이다.

"별 그지 같은 새끼 때문에 우리가 이 꼴이라니."

이 안에 있는 사람들의 태반이 아버지가 법조인이다. 정확하게는 법조인이'었'다.

부모의 힘으로 로스쿨에 가고, 다시 한번 권력을 잡기 위해 판사와 검사로 돌아왔다.

그런데 그사이에 아버지가 권력을 상실한 것이다.

노형진이라는 미친놈 때문에 말이다.

그래서 노형진과 새론은 이들에게 철천지원수였다.

"일단은 계획대로 이번 사건으로 간을 좀 볼 거야."

"그 동남아 년 사건?"

"그래. 어차피 새론에서는 우리를 못 건드려."

한국에서는 연좌제가 불법이고 새론에서는 연좌제를 적용하지 않는다.

물론 이들은 자기 맘에 안 들면 연좌제를 적용하지만.

사실 연좌제는 불법이지만 그걸 다른 방식으로 적용할 방법은 많다.

마음에 안 드는 새끼의 가족과 친구들, 관련자들 등을 끊임없이 호출하고 내사한다는 이유로 조사하고 조져 놓으면 결국 그들은 뭐 하나 걸려서 감옥에 가든가, 아니면 마음에 안 드는 새끼와 손절하고 자신들에게 설설 기어야 했다.

그러나 새론은 그런 식으로 처리하지 않아서, 부모들은 감옥에 갔을지언정 자식들은 감옥에 가거나 쫓겨나지 않았다.

"우리는 딱히 걸릴 만한 게 없잖아."

그 말은 범죄를 이용해서 공격하는 새론의 방식이 그들에게는 먹히지 않는다는 뜻이다.

"그러니까 이번에 제대로 한번 엿을 먹여 보자고."

"하긴, 우리는 깨끗하니까."

그들은 그렇게 믿고 있었다.

그리고 그걸 기반으로 새론을 공격할 생각이었다.

누구나 계획은 있다,
처맞아 보기 전까지는

노형진은 그들이 무슨 짓을 할 거라는 걸 알았다.

하지만 굳이 막지는 않았다.

왜냐하면, 예상이 되니까.

"자기 권력으로 할 수 있는 걸 할 겁니다. 애새끼들이 그렇지요, 뭐."

"애새끼들이라……."

"솔직히 그렇지 않습니까? 그 애들이 아버지 세대처럼 치열하게 싸우기를 했습니까, 온갖 정치적인 술수에 능하기를 합니까?"

"하긴, 그럴 나이는 아니지."

김성식 역시 고개를 끄덕거렸다.

지금 일선 판검사로 활동을 시작한 권력자들의 2세대는 나름 자신이 잘났다고 생각할 것이다.

하지만 그들은 진짜 하룻강아지다.

어려서부터 지금까지 부모가 깔아 둔 레일을 따라 빠르게 성장하기만 했을 뿐이니까.

그런 애들은 본격적으로 싸우는 법을 모른다.

"물론 뭉쳐서 압력을 행사하면 될 거라는 얄팍한 생각을 하겠지만요."

"그게 될 리가 없지."

그중 상당수가 부모의 백이 사라진 후다. 일선 판사들이나 검사들이 모여서 회의한다고 해서 뭐가 바뀔까?

"아직 세상 물정을 모르는 거죠."

물론 평검사 회의나 판사 회의가 있다. 실제로 언론에 몇 번 나가기도 했다.

하지만 그들이 힘이 있을까?

그럴 리가.

"병장 회의만큼이나 힘이 없습니다."

애초에 평검사 회의나 판사 회의는 정치적 결단을 내리는 자리가 아니다. 그냥 업무하면서 정보를 공유하는 자리지.

그런 자리에서 정치적 결정을 내리는 건 말도 안 된다.

"그러니 우리가 할 일만 하죠."

"그래. 김승연 변호사, 뭐 연락받은 거 있나?"

노형진의 말에 김성식은 김승연에게로 눈을 돌렸다. 그러자 김승연이 고개를 끄덕이며 말했다.

"경찰에서 다시 현장에 왔다고 하더라고요. 그리고 노 변호사님 말씀대로 된 상태고요."

노형진이 끼어들며 사건이 복잡하게 굴러가자 그쪽도 다급하게 재조사를 시작했다.

그리고 동네 주민들을 대상으로 조사했는데, 폭행뿐만 아니라 아동 성범죄 소문까지 들리자 당황해서 어쩔 줄 몰라 하는 눈치였다고 한다.

"생각보다 빨리 정보를 얻었군."

"거기 경비원에게 살짝 부탁드렸어요. 선물을 조금 드리면서요. 제가 경찰이라고 하면 가장 먼저 물어볼 만한 사람은 경비원인 것 같아서요."

"하하하, 빨리 배우는군."

"감사합니다, 호호호호."

실제로 경찰은 아파트에서 무슨 일이 생기면 가장 먼저 경비원에게 물어본다.

경비원은 아파트 여러 곳에서 일하면서 다양한 소문을 들으니까.

"자네는 어떻게 생각하나? 우순창이 그걸 공개할까?"

"아마 하겠죠. 저희가 왔다 갔다는 걸 알고 있으니까요."

"그리고 판사는 소문이라는 이유로 증거로 인정하지 않을 테고."

김성식도 뻔하다는 듯 말했다.

그들이 자신들의 권력 안에서 할 수 있는 것은 딱 그 정도다.

"맞습니다."

"어, 그러면 의미가 없는 거 아니에요?"

듣고 있던 김승연 변호사가 깜짝 놀라서 물었다.

"아, 물론 의미 없지는 않지요. 그들이 재판한다면 말입니다."

"그들이 재판한다면?"

"우리는 방향을 바꿉니다."

"어떤 식으로요?"

"배심원, 그러니까 국민 참여 재판으로 가는 겁니다."

"……!"

분명 판사는 자기 마음대로 증거를 취사선택할 수 있다.

하지만 아무리 그 증거를 인정하지 않는다고 해도 배심원들이 들은 기억까지 사라지는 건 아니다.

"하지만 법원에서 불가를 결정하면 어쩌려고?"

국민 참여 재판 신청은 피의자가 한다. 그러나 그런다고 해서 반드시 국민 참여 재판이 시행되는 건 아니다.

현행법상, 피해자가 원하지 않는 경우 국민 참여 재판으로 넘어가는 걸 막을 수 있다.

무조건 막을 수 있는 건 아니지만, 최소한 재판부에서 국민 참여 재판의 거부권 행사를 위한 근거로 쓸 수는 있다.

"압니다. 예상하고 있고요."

"그러면?"

"그러니까 우순창에게 사람을 붙여야지요."

"우순창에게요?"

"네. 이 사건은 국민 참여 재판으로 넘어가면 우순창이 불리해질 수밖에 없습니다."

세상의 그 어떤 사람도 자식을 강간하려고 하는 놈을 정상으로 보진 않는다.

물론 칼로 찔렀다는 것은 문제가 될 수 있지만, 그건 과잉방어의 수준이지 살인미수는 아니다.

"그들은 이번 기회에 저를 이겨서 정신 승리를 하고 싶은 모양인데 제가 져 줄 수는 없죠. 하룻강아지 범 무서운 줄 모르는 모양이니 가볍게 훈계해 줄 생각입니다."

"그게 영혼까지 털리는 모양새인데?"

"훈계라고 해서 그런 놈들을 그 자리에 계속 둘 생각은 없습니다. 살려만 줄 거예요."

그런 놈들이 검사나 판사 자리에 있으면 나중에 다른 피해자를 양산한다.

"뭔 소리인지 알겠네."

"저는 모르겠는데요."

김성식은 노형진이 뭘 노리는지 알았지만 김승연은 전혀 모르겠다는 눈치였다.

하긴, 당연하다. 그녀는 노형진의 스타일을 모르니까.

"아, 그러면 이참에 같이 해 보죠. 아시죠, 제가 현장 잘 뛰는 거?"

"네!"

진짜로 같이 현장에 간다는 생각 때문일까? 그녀는 눈을 반짝거렸다.

"감시라는 게 재미없는 기다림의 시간이지만 그걸 이겨 낸다면 아마 볼만할 겁니다, 후후후."

⚖

노형진은 국민 참여 재판을 신청했다.

아직 1심이 시작되지 않은 상황이었기에 신청하는 건 어렵지 않았다.

재판이 열린다는 통지서를 받아 든 우순창은 당황해서 동료에게 물었다.

"씨팔, 이건 아니지. 어떻게 판결을 개돼지한테 맡겨?"

"판결까지 하는 건 아니야."

"어찌 되었건 법이라고는 쥐뿔도 모르는 병신들이 와서 배심원이라고 앉아 있는 꼴, 나는 못 본다."

버럭 화를 내는 우순창에게 그 사실을 알려 준 판사가 눈을 찡그리며 말했다.

"그러면 나보고 어쩌라고, 씨팔. 애초에 일을 키우지 말았어야지."

"야, 네가 못 막아?"

"새끼야, 내가 주심 판사도 아닌데 어떻게 막아?"

모든 범죄가 다 국민 참여 재판의 대상인 것은 아니다.

한 명이 판단하는 단독심은 기본적으로 국민 참여 재판의 대상이 아니며, 세 명 이상의 판사가 하는 합동심이 대상이 된다.

특히 강력 사건들은 무조건 합동심이다.

합동심은 보통 세 명의 판사가 담당하는데, 세 명이 다 같은 평등한 수준의 판사는 아니고 주심 판사 한 명과 보조하는 판사 두 명으로 이루어진다.

"우리 또래 중에 아직 주심 판사가 된 새끼는 없다고."

"씨팔."

주심 판사는 판사들 중 상당한 경력을 가진 사람이 올라가기 때문에 젊은이들은 아직 주심 판사가 될 수 없었다.

"보조 판사 둘이 안 된다고 해도?"

"그래서 내가 직접 온 거야, 새꺄."

"뭘?"

"우리가 주심 판사한테 이유도 없이 거절한다고 하면? 받아 주겠냐?"

"그러면? 어쩌라고?"

"네가 말이야, 피해자랑 만나서 잘 설득해서 거부하게 해. 헛소문이 퍼져서 괴롭다, 그런 소문을 더 이상 퍼트리지 않았으면 한다. 그런 식으로 이야기를 좀 만들어 오란 말이야."

동료 판사의 말에 우순창은 머리가 팽팽 돌았다.

실제로 재판부에서 피해자의 의견에 따라 국민 참여 재판을 거부한 경우는 종종 있었다.

"좋아. 그런 거라면 가능하겠네."

자신의 사무실로 돌아온 우순창은 바로 피해자인 주중환에게 전화를 걸까 했다.

그러나 그 순간 갑자기 폰으로 가던 손이 멈칫했다.

김학진이 남긴 말이 생각났기 때문이다.

-더 이상 허튼짓 말아라. 동기로서 하는 말이야. 넌 이미 우리 주요 감시 대상이야.

바로 하루 전만 해도 존댓말을 꼬박꼬박 쓰던 새끼가 반말하면서 사표를 던졌다.

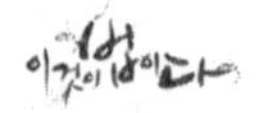

그리고 이 말만 남기고 새론으로 넘어갔다.

"씨팔, 그러고 보니 이거 꺼림칙한데?"

새론이 어떤 놈들인가? 한다면 진짜 하는 놈들이다.

그리고 분명 김학진은 '우리'라는 말을 썼다.

'새론에서 끼어들었으니 방심은 할 수 없고. 그런데…….'

우순창은 돌연 사무실 밖에서 일하는 다른 수사관들과 직원들이 의심되기 시작했다.

사실 그들이 자신을 좋아하지 않는다는 것쯤은 우순창도 안다. 우순창도 버러지나 마찬가지인 그들과 섞이고 싶어 하지 않았고.

도리어 그들은 김학진과 친했다.

'감시라…….'

자신이 피해자인 주중환을 부르면 어떻게 될까?

아마도 그 사실은 그대로 김학진에게 넘어가 노형진에게 전달될 거다.

"아니지, 아니야. 김학진, 네가 날 너무 물로 본 모양인데."

그는 씩 하고 웃었다. 그리고 자신 있게 말했다.

"이번에 이기는 건 나야, 김학진. 후후후."

⚖

노형진이 따라다닌 지 얼마 지나지 않아 우순창은 주중환을 만났다.

물론 만난 장소는 검찰 내부가 아니라 외부였다.

두 사람은 만나서 잠시 이야기를 하는 듯하더니 조용히 어떤 모텔로 들어갔다.

"아니, 남자 둘이 왜 모텔로 들어간대요?"

"뭐, 은밀한 이야기를 하겠다 이거죠. 이거 참, 애들 수준이 왜 이래?"

노형진은 머리를 북북 긁으며 말했다.

"수준이 왜요?"

"모텔은 누가 봐도 의심스럽잖아요."

남자 둘이 저녁에 만나서 모텔로 같이 들어간다? 그 자체만으로도 이상한 거다.

"자기들 딴에는 은밀하게 이야기하고 있다고 생각하겠지만 내용은 뻔하죠."

어떻게 해서든 반대 의견을 내서 국민 참여 재판을 막겠다.

"그리고 주중환은 당연히 반대 의견을 낼 거고요."

"이걸 다 예상하셨다고요?"

"애새끼들이 머리를 써 봐야 뻔하다니까요."

이건 기억을 읽을 필요조차도 없다. 나름 머리를 열심히 굴리지만 결국 노형진의 손바닥 안.

"그런데 이걸 어떻게 써먹어요? 이걸 주심 판사에게 제출하나요?"

김승연은 자신이 촬영한 동영상이 저장된 카메라를 보면서 말했다.

야심한 밤에 피해자와 검사가 만나서 같이 모텔로 들어가는 것은 이상한 일이다.

그리고 그걸 보여 준다면 주심 판사는 바로 문제 삼을 테고 아마 사건은 다른 검사에게 넘어갈 것이다.

"그럴 필요는 없습니다. 애초에 이 사건은 이기는 것도 중요하지만 저런 놈들을 걸러 내려고 맡은 거니까."

"그러면요? 그냥 나중에 방송에 터트리려고요?"

"나중이 아니라 지금 터트릴 건데요."

"네? 하지만 이걸 방송에서 터트릴 리가……."

노형진은 그 말에 씩 하고 웃었다.

"누가 한국 방송에 터트린답니까?"

"그러면 어디다가요?"

"어디긴요, 필리핀이지."

"필리핀?"

"네. 필리핀 기자들이 참 좋아할 겁니다, 후후후."

노형진은 바로 필리핀 방송국과 접촉했다.

그건 어렵지 않았다.

영상을 보내며 상황을 설명하자 방송국에서 바로 연락해 왔던 것이다.

-그러니까 지금 한국 검찰이 필리핀 여성에게 억울하게 죄를 뒤집어씌우려고 한다는 겁니까?

"억울한 것까지는 아니지만 인종차별적인 판결을 하려고 하는 건 사실입니다."

-인종차별요?

"네. 칼로 찌른 건 사실이니 억울하다고 할 수는 없죠. 하지만 필리핀 여성이라는 이유로 자기들 실적을 채우기 위해 과도한 처벌을 하려는 겁니다."

-그 원인을 알고도요?

"그걸 알면서도 그러니까 인종차별적인 재판인 거겠지요?"

노형진의 말에 전화기 너머 상대측의 입에서 뿌드득 소리가 났다.

화가 날 만도 하다.

그들의 나라가 가난한 건 인정한다.

하지만 실적을 채우고 한 사람의 화를 풀기 위해 죄를 그냥 뒤집어써야 한다는 건 절대 인정할 수 없는 일이다.

"그래서 제가 연락드린 겁니다. 한국인 모두가 그런 건 아닙니다. 누군가는 그걸 막기 위해 노력 중입니다. 다만 상대

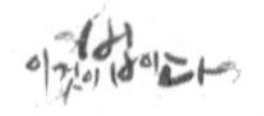

방이 판검사들이라서 대응하기가 쉽지 않아서요. 아마 살인 미수로 6년에서 9년 정도의 형량이 나올 겁니다."

-그러면 어떻게 하면 됩니까?

"취재해 주세요. 그것만으로도 상당한 힘이 됩니다."

-취재라……. 하지만 저희가 사람을 보내기가…….

"특파원이 있지 않습니까? 촬영기사는 저희가 제공할 수 있습니다. 카메라 앞에 설 사람만 있으면 됩니다."

-아!

특파원은 한국만의 독특한 문화가 아니다.

각 나라의 방송국은 특파원이라는 형태로 해외에 기자들을 보내는데, 주요 장소는 주요 교역국이나 관심 국가다.

한국도 옛날부터 미국이나 일본, 영국 등 강대국에 특파원을 보내 두곤 했다.

'그리고 필리핀 입장에서는 우리가 강대국이지.'

더군다나 한류의 국가이며 또한 주요 교역국이기도 했다.

당연히 파견된 특파원이 있을 거다.

'그리고 그 특파원은 주요 인물일 테고.'

아무나 특파원으로 보내는 건 아니다. 특히 상대방이 잘사는 나라일 경우는 일종의 포상 같은 개념으로 보내는 경우가 대부분이다.

쉽게 말해서 승진시키기 위해 더 넓은 세상을 보여 주는 거다.

즉, 특파원 자격으로 필리핀에서 한국으로 왔다는 것은 방송국 내부에서도 미래가 촉망받는 인재라는 소리다.

—고맙습니다. 당신이 우리 필리핀의 억울함을 풀어 주시는군요.

"별말씀을요. 그러면 저는 촬영 팀을 구해 보겠습니다."

노형진은 그렇게 영상통화를 끝내고는 컴퓨터를 껐다.

앞에서 대화를 듣고 있던 김승연 변호사는 어이가 없는 표정으로 되물었다.

"처음부터 이걸 노린 거였나요?"

"맞습니다. 어차피 이걸 줘 봐야 검찰이나 법원은 바뀌지 않습니다."

잘해 봐야 감봉 정도고, 운이 나빠도 훈계 정도로 끝날 거다.

"아니, 왜요?"

"팔은 안으로 굽지요. 만일 우순창이 피해자가 너무 힘들어해서 개인적으로 고민을 들어 주러 간 거라고 하면 검찰이 안 믿을까요?"

"아…… 그랬지. 검찰은 기소권을 독점하고 있으니까요."

당연히 저 말도 안 되는 변명을 믿고 처벌도 안 하고 그대로 묻어 버릴 거다.

"재판에서야 이기겠지만 그놈들을 쫓아낼 수는 없죠."

노형진은 어깨를 으쓱하며 말했다.

"하지만 방송국이 끼면 이야기는 달라집니다."

방송국, 그것도 필리핀 방송국이 끼는 순간 이건 국가 대 국가의 싸움이 된다.

그러니 검찰이 납득할 수 없는 행동을 하는 순간 필리핀 정부로부터 강력한 항의를 받게 될 수밖에 없다.

"아무리 한국이 삼권분립 운운한다고 해도 명백한 인종차별을 삼권분립이라는 이유로 방치할 수는 없죠."

노형진은 싱글벙글 웃으며 말했다.

"그러니까 기다려 보세요."

"이렇게 보고 있으면 노 변호사님은 참 인성이 좋지 않은 것 같아요."

"틀린 말은 아니네요. 저는 나쁜 놈들을 조질 때가 가장 행복하답니다, 후후후."

⚖

"네?"

이번 사건의 보조 판사는 자신의 귀를 의심했다.

"피해자의 의견이 있다지만 이번에는 아무래도 국민 참여 재판으로 가야 할 것 같네."

"어째서 말입니까? 지금 피해자가 정신적으로 너무 고통스러워합니다."

"알아. 하지만 말이야, 필리핀에서 취재 요청이 들어왔어."

"필리핀에서요? 갑자기 그게 무슨 소리입니까?"

완전 금시초문이었던 말에 보조 판사들은 어리둥절해졌다.

"필리핀 정부에 이번 사건에 대한 제보가 들어간 모양이야. 그래서 방송국에서 취재를 요청하는 거고."

"아니, 그걸 왜 굳이 허락을……."

"외교부에서 부탁하는데 어쩌겠나?"

콕 집어서 취재를 허가해 달라고 하는 상황에서 거절하는 것은 사실상 불가능하다.

"사건을 콕 집었다는 것 자체가 결국 이 사건에 대해 의문을 품고 있다는 소리인데 취재를 막으면 그 의문만 키우는 꼴 아닌가? 우리가 얼마나 정당하게 재판하는지 보여 줘야 하네. 뭐, 공식적으로는 한국의 국민 참여 재판에 대한 취재라고 하는데……."

"그러면 우리가 참여 재판을 안 하면……."

"어허, 이 사람들아. 우리 사건을 콕 집었다고. 취재는 핑계라니까."

"……."

두 명의 보조 판사들은 아무런 말도 못 하고 눈만 데굴데굴 굴렸다.

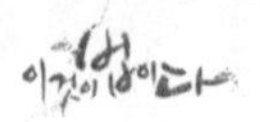

부모들이 깔아 둔 융단만을 밟아 온 두 사람은 이런 상황에 대한 대응법을 전혀 알지 못했다.

"일단 이번 사건은 참여 재판으로 가는 걸로 알고 있게."

"네."

"나가 봐."

주심의 말에 두 사람은 나오면서 자연스럽게 한탄을 흘려냈다.

"어쩌냐?"

"좆 되어 버렸다. 씨팔, 동기 실적 쌓아 주려다가 인생 조지게 생겼네."

그들의 눈에는 걱정이 한가득했지만 되돌리기에는 너무 늦었다는 게 문제였다.

⚖

재판이 시작되었다.

노형진의 계획대로 국민 참여 재판의 형태였다.

"개정하겠습니다."

사무관의 우렁찬 목소리로 시작된 재판.

우순창은 떨떠름한 목소리로 입을 열었다.

일이 틀어졌다는 걸 알고 있지만 이미 기호지세.

내릴 수는 없는 상황이었다.

"친애하는 재판장님, 이 사건은 피고인 알시아가 피해자 주중환을 살해하기 위해서……."

그렇게 시작된 공소. 노형진은 그 말을 들으면서 고개를 끄덕거렸다.

'참 잘 끼워 맞췄다.'

이미 알고 있었지만 공소장만 보면 애초에 알시아는 주중환을 죽이기 위해 자신을 등지고 선 주중환을 칼로 찌르고, 살해에 실패하자 도주한 것으로 되어 있었다.

'멋지다, 정말.'

그리고 증거로 제출된 칼의 사진, 완벽하게 맞춰진 증거.

그것들만 보면 완벽한 살인이 목적이다.

"노 변호사님, 어쩌실 거예요? 공소장만 보면 반격이 쉽지 않을 것 같은데."

실제로 살인을 시도했다는 것이 증명된 이상 이쪽은 계획된 살인이 아니라는 걸 증명해야 한다.

"하지만 이건 쉬운 게 아니잖아요."

노형진에게 귓속말로 말하는 김승연.

그도 그럴 것이, 법에서 가장 힘든 게 안 한 걸 증명하는 거다. 애초에 하지도 않은 걸 어떻게 증명하란 말인가?

가령 폭행 사건이 터졌다면, 자기가 때리지 않았다는 걸 증명하는 건 CCTV 같은 게 있지 않고서야 사실상 불가능하다.

상대방이 자해라도 하고 오면 꼼짝없이 가해자로 처벌받

는 경우도 많다.

"보이는 게 다가 아니거든요. 때때로는 보이지 않는 게 더 중요한 법입니다."

노형진은 걱정하는 김승연에게 침착하게 말하고는 자신의 순서가 오자 자리에서 일어났다.

"친애하는 재판장님, 이 사건에 대해 저희는 긴급피난을 주장하는 바입니다. 피고인 알시아 씨의 진술에 따르면 그날 주중환은 친딸인 주도연을 강간할 목적을 가진 게 분명합니다."

그 당시 진술을 이야기하기 시작하자 피고인석에 앉아 있던 알시아가 흠칫 몸을 떨었다.

그녀에게는 그 당시 일은 기억도 하기 싫은 악몽일 테니까.

"재판장님, 하지만 그건 피고인이 자신의 범죄를 정당화하기 위해 한 주장일 뿐입니다. 현장 감시관의 말에 따르면 그런 흔적은 없었다고 했습니다."

당연하다. 강간이 시도된 거지 강간이 이루어진 건 아니었으니까.

"하지만 피해자가 수십 차례에 걸쳐서 피고인인 알시아 씨를 폭행했으며 강간했다는 점을 잊지 마셔야 합니다. 모든 범죄는 점점 그 크기를 키워 갑니다."

노형진의 주장에 우순창은 바로 반박했다.

"물론 약간의 논쟁이 있었다는 점은 이해합니다. 하지만 주변 인물들은 우순창 씨가 절대 그럴 사람이 아니라고 했습니다.”

“글쎄요, 제가 아는 정보와는 다른데요. 제가 들은 소문에 따르면 우순창은 폭력적이고 주변 여성들을 안 좋은 시선으로 바라봤으며 집에서는 수시로 비명 소리가 들렸다고 합니다. 또한 그 이전부터 집에서 아동 강간이 벌어진다는 소문이 돌았다는 진술을 확보했습니다.”

노형진은 미리 확보해 둔 아파트 단지의 소문을 제출했다.

‘예상대로라니까.’

우순창은 현장의 소문에 대해 조사한 것을 제출하지 않았다.

그러나 나름 방어법을 준비한 상태였다.

“재판장님, 아파트 내 소문은 도무지 터무니없어서 제출하지 않은 것입니다.”

“터무니가 없다고요?”

“그렇습니다. 첫 번째, 비명 소리가 들렸다. 그 부분에 대해 말씀드리자면, 그 아파트는 방음 처리가 잘되어 있습니다. 안에서 소리를 질러도 주변으로는 거의 새어 나가지 않습니다.”

한쪽에서 나는 소리만 방음 처리하는 건 거의 불가능하다.

설사 가능하다고 해도 돈이 어마어마하게 들기 때문에 굳이 아파트에서 그럴 이유가 없다.

어차피 방음 처리하는 데에는 자기 집에서 나는 소음을 막는 목적도 있으니까.

"그런데 비명 소리를 주변에서 들었다는 것은 논리적으로 말이 안 됩니다."

나름 합리적인 방어다. 상대방이 노형진이 아니라면 말이다.

"창문을 열어 두면 방음이 안 됩니다만?"

"사람을 때릴 때 창문을 열어 두는 사람이 어디 있습니까? 그리고 창문을 열고 때린다고 해도, 아파트 단지는 소리가 울려서 그 진원지를 추적하는 게 불가능합니다."

아무래도 경험이 없어서 그런지 자기 딴에는 상식적으로 판단하려고 하나 보다.

물론 처음 듣는 사람이야 헷갈릴 거다. 하지만 사람이 익숙해지면 방향을 알아채는 건 일도 아니다.

'너 같은 새끼나 창문 닫고 때리겠지.'

하지만 술에 취해서 눈이 돌아간 사람은 그런 건 생각하지도 않는다.

"하지만 이미 가정 폭력으로 수차례 경비원이 출동한 기록도 있습니다만?"

경비원뿐만이 아니다. 경찰 역시도 출동한 기록이 있다.

"그 기록에 따르면 정확하게 주소를 찾아갔습니다만, 검사의 말이 맞다면 주민이나 경찰이 현장을 찾는 건 불가능할 겁니다. 다른 사람이 인지도 못 했을 테고, 어찌어찌 인지한다고 해도 소리가 울려서 특정이 불가능했을 테니까요."

"그건……."

우순창은 그 순간 말문이 확 막혔다. 거기까지는 생각하지 못한 듯했다.

"더군다나 소문에 따르면 주중환이 가족을 폭행한 것은 하루 이틀 일이 아니라고 하던데요. 그 정도면 평소에도 충분히 폭행이 일어났다고 봐야 하지 않을까요?"

노형진의 공격에 살짝 흔들리던 우순창은 미리 준비한 증거를 내밀었다.

"하지만 재판장님, 다른 주민들의 말에 따르면 주중환은 절대로 그럴 사람이 아니라고 합니다. 피고인 측이 제출한, 소문에 관련된 진술서는 고작해야 열 장 남짓입니다만 보다시피 백 장이 넘는 탄원서에는 피해자 주중환이 가족을 폭행하기는커녕 파리 한 마리 못 죽이는 사람이라고 적혀 있습니다. 그런 사람이 친딸을 강간하려고 했다니, 그런 소문은 믿을 수가 없습니다. 더군다나 피고인 알시아의 주장에 따르면 강간하려고 했던 시도는 그때가 처음이라고 했습니다. 그렇다면 그 이전에 돈 소문은 당연히 헛소문인 셈입니다."

'뭐?'

노형진은 그 말에 살짝 당황했다.

자신들이 최대한 동네 사람들을 설득해서 받아 낸 것이 고

작 열 장 정도다.

그럴 수밖에 없는 게, 현대의 마을이라는 공간은 무척이나 폐쇄적이니까.

같은 건물에 누가 사는지도 모르는 게 현대의 환경이다. 그런 환경에서 법적으로 복잡해질 수도 있는 서류를 내 달라고 했을 때 기꺼이 내주는 사람은 없다.

더군다나 단순 사건도 아닌 살인미수 사건이 아닌가?

그나마 국밥집 아주머니를 비롯해서 알시아가 그런 사람이 아니라는 것을 아는 몇몇이 써 준 게 고작 열 장 정도다.

그런데 백 장이 넘는 탄원서라니.

'아무리 탄원서라지만 그걸 백 장이나 가지고 온다고?'

그건 절대로 쉬운 일이 아니다. 더군다나 평소에 평가가 안 좋은 사람에 대한 건데.

'회사나 단체라면 이해라도 하지.'

하지만 그 아파트 사람들이 그럴 리는 없다.

만일 증거였다면 검찰에서 변호사인 노형진에게 제공했어야 하지만 탄원서였기 때문에 전해지지 않은 모양이다.

그래도 심각한 문제다.

"잠깐 확인해도 될까요?"

"얼마든지."

승리했다고 생각한 우순창의 말에 노형진은 혹시나 하는 마음으로 탄원서를 확인했다. 그리고 눈을 찡그렸다.

정말로 백 장이 넘는 탄원서들이 모여 있었던 것이다.

'이상한데…….'

노형진은 서류들을 빠르게 넘기면서 조작 여부를 확인하려고 했다.

하지만 조작 같지 않았다. 필체도, 이름도 달랐기 때문이다.

그런데 이상한 게 있었다.

"여기 주소가 다 다릅니다만? 모두 그 아파트 주소가 아닌데요."

분명 주민의 탄원서라고 했다.

그런데 탄원서에 적혀 있는 주소가 다 달랐다.

물론 탄원서에 상세한 주소는 필요 없다. 하지만 개인을 특정할 수 있는 정보는 들어가야 한다.

일반적으로는 전화번호가 그 용도로 쓰인다.

그래도 주소를 아예 안 쓸 수는 없어서 보통 동 정도까지는 들어간다.

그러데 그 동이 제각각이었다.

심지어 시를 넘어서 도가 다른 경우도 있었다.

"제가 아파트 주민이라고는 하지 않았습니다만."

"뭐요?"

"아파트가 아니라 전에 살던 동네의 주민입니다. 솔직히 아파트에 산 시간은 이제 1년이 조금 넘었지요. 하지만 주중

환 씨는 전 동네에서 평생을 살아왔습니다. 당연히 그에 대해 더 잘 아는 사람들은 전 지역 주민들 아니겠습니까?"

"그거야 그렇습니다만."

"잘 모르고 헛소문을 퍼트리는 아파트 주민들보다는 오래 살아온 동네의 사람들이 더 믿을 만하지 않습니까?"

그 말에 판사가 자신도 모르게 고개를 끄덕거리자 그 모습을 본 노형진은 눈을 찡그릴 수밖에 없었다.

⚖

결국 재판은 일단 그걸로 끝났다.

원래 강력 사건 재판이기에 한두 번 만에 끝나지는 않으니까 그건 이상한 점이 아니다.

노형진의 생각과 다르게 이쪽에 좀 불리한 상황으로 끝나서 문제지.

"이거 어떻게 생각하세요? 아니, 왜 이런……."

"흠……."

노형진은 혹시 몰라서 탄원서를 모두 복사해 왔다.

물론 탄원서에 법적인 효력은 없다.

"이건 이상한데, 진짜."

"이게 그렇게 이상한 건가요?"

"이상한 겁니다. 사람들이 탄원서는 잘 써 주지 않거든요.

피해자를 위해서는 더더욱.”

“네?”

“탄원서라는 건 일반적으로 목적성이 확실한 편이거든요. 일반적으로 탄원서는 가해자를 보호하기 위해 제출됩니다.”

탄원서는 피고인이 형사처벌을 받는 경우에 최대한 형량을 줄이려고 제출하는 게 일반적이다.

쉽게 말해서 이 사람은 그럴 사람이 아니라고 이야기해 주는 거다.

“그런데 이 탄원서들은 주중환의 입장에서 알시아에게 강력한 처벌을 하길 원하는 내용입니다.”

“그런데요?”

“그게 문제입니다. 사람들은 그래도 일말의 정이 있어서 처벌을 좀 약하게 해 달라는 정도는 쉽게 써 주지만, 타인을 강하게 처벌해 달라는 탄원서는 잘 안 써 주려고 합니다.”

당연한 거다.

사람들은, 그중에서도 한국 사람들은 특정인에게 악의를 가지고 대하는 것을 터부시하는 경향이 심하기 때문이다.

오죽하면 온갖 더러운 짓을 하던 새끼라도 일단 죽으면 불문에 부치는 게 한국의 문화다.

물론 이번 사건에서 알시아가 죽진 않았지만 그래도 해외에서 와서 십수 년간 고생했는데, 그 모습을 지켜본 과거의 동네 사람들이 악의를 가지고 이런 글을 쓰기는 쉽지 않다.

"그래서 더 문제인 거죠. 그걸 판사도 아니까."

판사 입장에서는 우순창의 말대로 각자 따로 살고 소통이 어려운 아파트 사람보다는 시골 지역 주민들이 더 잘 소통된다는 것을 믿을 것이다.

"이러면 판사가 알시아가 주장하는 주도연 양의 강간 시도를 죄에서 벗어나기 위해서 하는 거짓말이라고 생각할 가능성이 커집니다."

"그런……."

"흠……."

노형진은 그걸 알기에 재판의 연기를 신청하고 탄원서에 대해 집중적으로 조사하는 중이었다.

"조작은 아닌 것 같아요."

"아닐 겁니다. 이미 전화로 확인해 봤으니까요."

탄원서에 적힌 전화로 다 확인해 본 결과, 다들 실제로 자신이 썼다고 인정했으며 알시아에 대해 아주 안 좋은 말을 한참 떠들었다.

'알시아가 그렇게 나쁜 사람은 아닌 것 같은데.'

애초에 그들이 말하는 것처럼 알시아가 악독한 사람이었다면 맞으면서 살았을 리가 없다. 이미 한국 국적도 딴 이상 그냥 이혼해 버리면 그만이다.

실제로 수많은 동남아 여성들이 한국 국적을 따고 나면 어떻게 해서든 이혼하려고 한다. 그리고 본국에 있는 진짜 연인을 불러오려고 한다.

노형진도 실제로 그런 사건을 해결한 적이 있었다.

하지만 알시아는 그러지 않았다.

그녀의 말에 따르면 도리어 지역 주민들을 많이 도와주면서 우순창과 함께 살았다고 한다.

거주환경을 생각하면 당연한 거다.

시골이라는 지역이 워낙 젊은 사람이 부족한 곳이라 젊은 일꾼이 있다면 도움을 청하지 않을 수가 없기 때문이다.

그런데 그런 지역의 사람들이 이런 악의로 가득한 글을 배설하다시피 써 가면서 주중환을 위해 탄원서를 내준다?

"뭔가 이상한 거죠."

노형진은 서류를 휙휙 넘기면서 눈을 찡그렸다.

'확실히 이상해. 확실히…….'

하지만 이 탄원서 자체에는 이상한 점이 없었다.

'뭔가 있을 텐데. 탄원서를 써 달라고 돈을 줬을 리는 없고.'

노형진은 탄원서 명단을 바라보다가 순간 뭐가 이상한지 알아차렸다.

'뭐 이리 주씨가 많아?'

탄원서를 제출한 사람들 중에 주씨의 비율이 높았다.

그것도 압도적으로.

"잠깐만요. 이 서류들 좀 다시 봅시다."

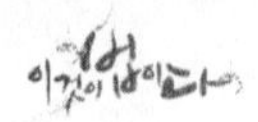

노형진은 복사해 온 탄원서들을 다시 꼼꼼히 살펴보았다.

이름과 내용을 확인하던 그는 어느 순간 자신도 모르게 탄성을 내질렀다.

"이것 봐라?"

"네? 왜 그러세요?"

"뭐가 이상하다 싶었는데, 허! 이건 진짜 예상 못 했네요. 아예 병신은 아니었네."

"뭔데요?"

"주씨 비율 말입니다, 엄청 많지 않습니까?"

그 말에 명단을 확인한 김승연은 고개를 끄덕거렸다.

"확실히 높기는 하네요. 대략 50%? 아니, 60%……."

"네, 그리고 다른 부분도 있죠. 주씨가 아닌 사람들의 성별을 확인해 보세요."

"성별요? 그건 안 써져 있는데요."

"어렵지는 않을 겁니다. 이름으로 대충 구분이 가능하니까."

"그러니까…… 어?"

주씨의 비율이 엄청나게 높은데, 모두 남자였다. 주씨가 아닌 사람들은 대부분 여자 이름이었고 말이다.

"뭐죠, 이거?"

한국에서 김씨나 이씨, 박씨 같은 사람들은 아주 많지만 주씨는 그렇지 않다. 희귀 성씨까지는 아니지만 이렇게 높은 비율이 나올 수는 없다.

"집성촌인 거죠."

"집성촌? 아!"

"우순창이 이런 식으로 장난을 쳤군요."

집성촌, 그러니까 한 가문의 사람들이 오랜 시간 터를 잡고 살아온 마을.

그런 집성촌은 자연스럽게 모두 한 가문의 사람들이 된다.

"외부에서 들어오는 사람들, 즉 결혼해서 오는 여성들을 제외하면 자연스럽게 주씨 성을 가지게 되는 거죠."

"헐."

"우리는 주중환이 시골에서 살다가 왔다는 것만 알았지, 어떤 마을인지는 모릅니다."

하지만 그곳이 주씨 집성촌이라면?

"탄원서의 수가 이해되는군요."

"맞습니다."

알시아는 필리핀에서 온 며느리로, 이혼하면 남이 되는 사람이다.

하지만 주중환은 아니다. 주중환은 집안사람이자 가문의 일원이다.

"그러면 이해되는 게 또 있습니다."

"뭔데요?"

"이제 다들 뿔뿔이 흩어져서 살지 않습니까?"

주소에 따르면 그들은 모두 각자 다른 지역에 살고 있다.

"이사한 이상 이제 그 지역 사람들이 아닌 거죠. 그런데 어떻게 이렇게 한꺼번에 연락해서 탄원서를 받을 수 있었는지가 의심스러웠습니다만……."

"집성촌이라면 종친회가 있을 테니까요."

"네, 맞습니다."

종친회를 통해 사발통문을 돌리듯이 쫙 돌리고 한꺼번에 우편으로 받는다면 불가능한 일은 아니다.

"그러면 젊은 사람들이 섞여 있는 것도 이해가 가죠."

자식에게 써 달라고 하면 되는 거니까.

"나름 머리를 잘 썼네요."

노형진은 피식하고 웃었다.

집성촌이라는 걸 모르고 본다면 알시아는 천하의 나쁜 년이 되는 거다.

"이거 너무하는 거 아니에요? 아무리 자기 실적이 걸려 있다지만……."

김승연은 눈을 찡그렸다.

그런 김승연에게 노형진은 당연하다는 듯 말했다.

"전에도 말했지만 법은 공정하지 않습니다. 칼이 요리사의 손에 쥐이면 남을 먹이는 도구가 되지만 살인범 손에 쥐이면 남을 죽이는 도구가 돼요. 공정하게 대해 줄 거라 생각하고 접근하면 실패하는 겁니다."

“끄응, 그러면 이제 어쩌죠? 집성촌이라는 걸 재판장님께 공개하나요?”

“당연히 해야지요. 아, 물론 다른 것과 함께요.”

“다른 것과 함께?”

“네, 다른 걸 같이 공개하면 아마 그때는 상황이 바뀔 겁니다, 후후후.”

아는 게 없네……

두 번째 시작된 재판.

우순창은 벌써 이긴 것처럼 으쓱거리고 있었다.

실제로 그가 가장 피하고 싶어 했던 배심원조차도 그 탄원서들을 보고 나서는 피해자에게 마음이 기운 느낌이 강했으니까.

당연히 자신이 이길 거라 생각했다.

'노형진을 꺾은 검사라니, 흐흐흐.'

그 타이틀을 얼마나 많은 사람들이 추앙할지 생각하면 온몸에 소름이 돋을 정도였다.

'미래는 내가 지배한다.'

그걸 기반으로 승진해서 추후 검찰총장이 되고, 다시 국회에 진출하고, 종내에는 대통령까지 되는 그런 원대한 상상을 하고 있던 우순창.

하지만 그는 다음 순간 뭔가 이상하다는 것을 느꼈다.

"재판장님, 이 탄원서에는 핵심적인 정보가 감춰져 있습니다."

'어?'

"탄원서에 무엇이 감춰져 있단 말입니까?"

주심은 고개를 갸웃했다.

재판의 증거도 아닌 탄원서다. 사건 당사자가 작성한 게 아니니 당연히 그 사건과 관련된 핵심적인 정보가 감춰져 있긴 어려울 텐데 탄원서에 감춰진 게 있다니.

"정확하게는 검찰에서 해당 사실을 은폐한 것으로 보입니다."

"은폐?"

은폐라는 말에 주심의 표정이 변했다.

그도 그럴 게, 사건에서 주요 증거나 정보의 은폐는 검찰이 해서는 안 되는 일이기 때문이다.

그건 직업윤리적인 부분이 아니라 법적으로 그렇다.

그렇잖아도 범죄인 행위가, 필리핀 방송국에서 촬영 중인 이 상황에서 밝혀지면 사건이 커져 버린다.

"증명할 수 있습니까?"

우순창은 너무 놀라서 다급하게 말을 끊으려고 했다.

하지만 이미 직감적으로 글러 먹었다는 걸 느끼고 있었다.
“증명요? 이미 증명했습니다. 전화해서 확인해 봤지요. 죄다 ‘가족’이더군요.”
“가족?”
“그게 무슨 말이야?”
국민 참여 재판의 참여자들은 그 말에 어리둥절해서 서로를 돌아보았다.
백 명이 모두 가족이라니? 그런 대가족은 듣도 보도 못했다.
“확인 결과, 주중환이 살던 동네는 주씨 집성촌이었습니다. 지금은 재개발로 사라졌지만 그래도 종친회는 있더군요. 그곳을 통해 이 서류를 제출한 사람들이 모두 가족이라는 진술을 받아 냈습니다.”
“뭐? 가족이었다고?”
“집성촌?”
가족이 제출하는 탄원서의 경우는 아주 신뢰도가 떨어진다. 누구도 가족이 처벌받기를 원하지는 않기 때문이다.
그와 마찬가지로 강하게 처벌해 달라고 하는 탄원서 역시 신뢰도가 떨어진다.
“왜 그 마을이 집성촌이라는 사실을 고지하지 않았습니까?”
노형진이 노려보며 말하자 우순창은 순간 움찔했다.

'씨팔, 어떻게 알았지?'

사실 들어온 탄원서는 더 된다. 하지만 집성촌이라는 걸 감추기 위해 최대한 주씨를 줄이고 다른 사람들을 채워 넣어서 제출한 거다.

그런데도 불구하고 노형진은 그 사실을 알아내서 파고든 거다.

"크흠…… 몰랐습니다."

"몰랐다고요?"

"네, 몰랐습니다. 제가 탄원서가 어디서 온 건지 알 방법이 없지 않습니까? 모두 피해자인 주중환 측에서 온 건데."

무능과 부패 중 결국 우순창은 무능을 선택했다.

무능은 잠깐 욕먹고 끝나지만 부패는 자리가 위험해지기 때문이다.

"그래요?"

노형진은 그 말에 씩 하고 웃었다.

예상은 한 일이다. 하지만 그렇다고 해서 계획이 실패한 건 아니었다.

'이미 배심원들은 의심을 품기 시작했다.'

지금까지와 다르게 우순창 검사를 향한 배심원들의 시선에는 의심이 깃들어 있었다.

당연한 거다. 말이 탄원서지 그들이 낸 서류는 알시아에 대한 온갖 모독으로 가득 차 있었으니까.

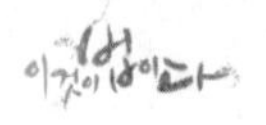

백여 명이나 되는 사람들이 모두 한마음으로 한 사람을 씹어 댄다는 것은 그 사람의 인성이 아주 안 좋다는 걸 의미한다.

증거와 심문만으로 판단하라고 한다지만 훈련된 판검사도 힘든 일이 훈련되지 않은 배심원들에게 가능할 리가 없다.

당연히 방대한 탄원서의 양에 색안경을 꼈는데, 알고 보니 그 색안경이 남이 강제로 씌웠던 거다.

그 사실을 알고서도 배심원들의 기분이 좋을 리가 없다.

'그러니까 지금이 반격의 기회다.'

노형진은 슬쩍 고개를 돌려서 얼굴이 붉으락푸르락해진 우순창을 바라보았다.

'아직 흥분할 때가 아닌 것 같은데.'

하지만 평생을 자기 마음대로 살아온 우순창은 흥분을 감추지 못하고 있었다.

하긴, 당혹스럽기는 할 거다. 이런 식의 재판은 처음일 테니까.

"또한 검찰은 피고인에게 유리한 증거를 지속적으로 감추고 있습니다, 재판장님."

"저는 그런 적이 없습니다, 재판장님!"

당연히 우순창은 언성을 높였다.

하지만 노형진은 이미 우순창이 제출한 증거에 대한 분석이 다 끝난 상태였다.

"재판장님, 검찰 측은 피고인 알시아가 피해자 주중환을 살해할 목적으로 칼을 구입했다고 주장하고 있습니다. 그렇지요?"

"그건 확실한 목적성을 가지고 구입한 게 맞습니다."

"하지만 피고인의 말에 따르면 기존에 사용하던 칼이 도무지 쓸 수 없을 정도로 들지 않아서 칼을 구입했다고 합니다."

"그래서요?"

"당연히 그걸 증명할 수 있는 건 기존에 사용하던 칼입니다. 하지만 그 집에 있던 모든 칼은 경찰에서 증거품으로 수집해 갔습니다."

사건이 터지면 그 사건에서 사용된 칼뿐만 아니라 만일에 대비해서 그곳에 있던 모든 칼을 다 가지고 가는 게 기본 상식이다.

"당연히 그 안에는 그 제대로 들지 않는 칼도 있을 테고요."

즉, 주중환을 찌른 칼이, 살인 목적이 아니라 진짜로 기존 칼이 들지 않아서 산 거라는 증거는 노형진이 아니라 검찰에 있다는 거다.

'그리고 그걸 제출하지 않았지.'

물론 검찰은 이런 경우 칼을 제출하지 않는다. 공식적으로 사건과 관련된 증거만 제출하면 되니까.

'이게 바로 장난질이란 말이지.'

제대로 들지 않는 칼. 그건 강력한 무죄의 증거다.

그러나 이런 식으로 해석하는 법을 모르는 다른 변호사들은 그냥 무심하게 넘어간다. 실제로 증거로 제출되는 건 직접증거뿐이니까.

"해당 칼은 명백하게 살인의 목적이 없었다는 증거입니다. 저희는 그걸 계속 어필해 왔고요. 그렇다면 당연히 그걸 제출해 주셔야 맞지 않습니까?"

칼이라는 물건에 대한 공격에 우순창은 살짝 눈동자가 흔들렸다.

"흠……."

주심 판사는 그 말에 잠깐 고민하더니 고개를 끄덕거렸다.

"살인에 사용된 칼이 살인의 목적으로 구입되었다는 것을 증명하는 것은 확실히 중요한 요소입니다. 검찰은 다음 재판까지 해당 칼을 제출하시기 바랍니다."

그 말에 우순창은 얼굴을 사정없이 일그러트릴 수밖에 없었다.

"어떻게 아신 거예요?"

김승연은 놀랍다는 듯 물었다.

그녀는 노형진에게서 변호사들이 싸우는 법을 배운 적이 없다는 말을 들은 적이 있지만 실제로 그 말을 체감해 본 적은 없었다.
경험이 없으니 그 차이가 얼마나 큰지 몰랐던 것이다.
하지만 이번에 보니 그 말은 정말이었다.
똑같은 사건, 똑같은 칼이라는 무기가, 해석을 달리하니 무죄의 증거가 되어 버린다.
하지만 그녀가 로스쿨에서 배운 건 법에 대한 해석이지 법에 대한 반박이 아니었다.
"칼을 살 필요가 없으니까요."
"네?"
"주중환은 알시아 씨를 두들겨 패면서 스트레스를 풀었습니다. 그런데 그런 놈이 생활비를 제대로 줬겠습니까?"
당연히 제대로 안 줬을 거다.
"알시아 씨가 그러더군요. 주도연 양에게 소시지 반찬이라도 해 주려고 분홍 소시지를 샀는데 그 껍데기가 잘리지도 않았다고요. 그래서 칼을 사 달라고 했답니다."
"확실히 그 분홍소시지 포장이라면 안 드는 칼로는 못 자르겠네요."
그런 포장은 워낙 탄성이 있다 보니 제대로 된 칼이 아니면 이빨도 안 들어간다.
"네, 그리고 검사의 주장에는 한 가지 허점이 있죠."
"뭔데요?"
"잘 드는 칼이 있다면 왜 굳이 새로 칼을 사서 사람을 죽이겠습니까?"

"하긴, 그러네."

사람을 죽이기 위해 칼이 필요했다면 그냥 집에 있는 흔한 식칼로 해도 충분하다. 굳이 다른 칼을 사서 그걸로 죽일 이유가 없다.

"칼이 제대로 들지 않았다는 걸 증명한다면 살인을 목적으로 칼을 샀다는 주장이 무너지지요."

이게 왜 중요하냐면, 살인이나 살인미수는 고의성이 아주 강하게 적용되기 때문이다.

우발적으로 한 행동이라면 특수 상해에 들어가지만 그마저도 강간을 막는 것이 목적이었다는 걸 증명하면 과잉 방어 정도로 낮아질 수 있다.

"그러니까 일단은 검찰이 주장하는 살인의 고의부터 무너트리는 게 우선입니다."

"그런데 검찰이 그렇게 쉽게 인정할까요?"

"글쎄요. 그게 문제이긴 한데……."

지금까지 한 행동들은 검찰에서 모른 척한 수준이다.

처벌하기에는 애매한, 그래서 독점권을 가진 검찰에서 실드를 쳐 줄 수 있는 수준 말이다.

가령 중요 증거가 아닌 척하면서 특정 증거를 내놓지 않거나, 가족이라는 사실을 숨긴 채 탄원서 뭉치를 내놓거나 하는 건 어디까지나 부작위의 영역이다.

“문제는, 칼은 다르다는 거죠.”

만일 칼을 증거로 제출하면 살인의 고의가 무너질 가능성이 크다.

“그러면 기소 자체가 영향을 받을 테니.”

정상적인 검사라면야 당연히 그냥 제출하고 제대로 된 재판을 하겠지만, 그게 아니라면?

“조작할 가능성이 있다는 건가요?”

“네. 뭐, 부정은 못 합니다.”

“그러면 어쩌죠?”

“그러면…….”

노형진은 고민하다가 싱긋 웃었다.

“혹시 말입니다, 〈생활의 박사〉라고 아십니까?”

“네? 그거 방송이잖아요?”

“방송이죠. 거기 도움을 받아야 할 것 같군요, 후후후.”

⚖

다음 재판이 시작되고, 우순창은 노형진이 요구한 대로 칼을 제출했다.

하지만 노형진은 그 칼을 확인하는 순간 이미 알아차렸다.

‘이 새끼들, 수작질을 부려 놨네.’

그도 그럴 게, 척 봐도 날이 서 있었으니까.

"재판장님, 보다시피 이 칼은 이렇게 날이 시퍼렇게 서 있습니다. 칼이 들지 않아서 칼을 새로 샀다는 것은 피고인의 거짓말입니다."

아주 잘 든다고는 말할 수 없지만 그렇다고 해서 아예 안 드는 것은 아닌 수준의 칼.

그걸 본 김승연은 침을 꼴깍 삼켰다.

'와, 예상대로네. 검사를 믿지 말라더니, 진짜 조심해야겠네.'

설마 칼을 갈아서 나올 거라고는 생각도 못 했다.

물론 칼은 증거물 보관실에서 보관한다. 하지만 그걸 가지고 와서 제출하는 건 검사다.

재판 전에 갈고자 한다면 당연히 얼마든지 갈 수 있다.

"소시지 껍데기도 자를 수가 없을 정도라고요? 절대 아닙니다. 보십시오."

미리 준비한 소시지를 칼로 살짝 자르자 분홍 소시지는 스윽 하고 터져 나갔다.

"보다시피 잘 드는 칼입니다."

"재판장님, 그러면 검찰 측의 이야기와 달라집니다. 검찰 측은 살인을 위해 칼을 구입했다고 했습니다. 저렇게 칼이 잘 든다면 굳이 칼을 새로 사서 살인에 쓸 이유가 없습니다."

노형진은 반박했지만 우순창은 그런 노형진의 방어도 예상하고 있었다.

"기존 칼을 꺼내려면 시선에서 벗어날 수가 없으니까요. 당연히 뒤에서 기습하기 위해서는 어디 다른 곳에 감춰 둘 칼이 필요합니다."

"그래서 칼을 감춰 두고 찔렀다 이겁니까?"

"그렇습니다. 사건 당시 피해자의 사진을 보십시오. 분명 피해자는 등 뒤에서 칼을 찔렸습니다."

피해 당시의 사진을 흔들어 보이면서 자신의 정당함을 주장하는 우순창.

하지만 노형진은 그런 그의 주장이 우습게만 느껴졌다.

몰랐다면 모를까, 다 알고 있다면 그의 주장은 한낱 장난일 뿐이다.

"그렇군요. 재판장님, 혹시 이 칼에 대해 검증해도 되겠습니까?"

"검증?"

"그렇습니다. 미리 신청한 증인을 증언대에 세우고자 합니다."

'그게 누구지?'

노형진이 미리 증인 신청을 한 사람이 있기는 했다.

하지만 이름과 주민등록번호, 전화번호 정도만 있었지 뭐 하는 사람인지 안 써져 있어서 우순창은 꺼림칙할 수밖에 없었다.

"인정합니다. 증인, 증인석으로 올라오세요."

재판장의 말에 증인석에 나이가 제법 많은 사람이 올라왔다.

그가 누군지 모르는 우순창이었지만 곧 그를 알아본 배심원 중 한 명의 말에 자신도 모르게 입술을 깨물 수밖에 없었다.

"저 사람, 그 사람 아니야? 〈생활의 박사〉에 나온 그 달인."

"맞네, 칼갈이 박사."

칼갈이 박사라는 말에 우순창은 떨리는 눈빛으로 그를 바라보았다.

첫 번째로 노형진이 질문을 던졌다.

"증인, 증인은 칼을 전문적으로 가는 사람이 맞지요?"

"맞습니다."

"이 직업을 얼마나 하셨나요?"

"올해로 40년째입니다."

"40년이라……. 정말 오래 하셨네요. 그게 가능한가요? 칼은 요즘은 공산품으로도 나오는데, 대충 사면 되는 거 아닌가요?"

그 말에 그는 고개를 흔들며 말했다.

"가정에서 쓰는 칼이라면 그러셔도 됩니다. 하지만 요리사들에게 칼은 자존심입니다. 그래서 전문 요리사들이 쓰는 칼은 한 자루에 수백만 원이 넘습니다. 저는 일반인보다는 그런 전문가들의 칼을 갈아 주는 걸 주요 업무로 하고 있습니다."

"유명한 요리사들 말이군요."

"네. 청와대 조리사의 칼도 제가 갈아 줍니다."

"그 정도로 실력이 좋으신 모양이네요."

"한국에서 저만큼 칼을 잘 가는 사람은 없다고 봐도 됩니다."

"그러면 이 칼에 대해 제대로 봐 주세요. 아, 장갑은 끼시고요."

그 말에 그는 직원에게서 칼을 넘겨받아 증거용 봉투에서 꺼내 이리저리 돌려 보기 시작했다.

그리고 칼을 다시 봉투에 넣어서 제출했다.

"어떻습니까?"

"시중에서 파는 저가형의 식도입니다. 좋은 브랜드는 아니죠."

"좋은 브랜드는 아니다?"

"네. 칼도 나름 브랜드가 있습니다. 좋은 곳은 좋은 쇠를 쓰기 때문에 당연히 강도도 좋고 예리하죠. 저건 그중에서도 하급입니다."

"어느 정도인가요?"

"아마 천 원짜리 물품들만 파는 마트에서나 찾아볼 수 있는 수준일 겁니다. 일반 마트에서도 안 팔아요."

그 말은 칼 자체가 오래갈 수가 없을 정도로 너무 싼 것이라는 소리다.

어쩔 수 없다. 좋은 칼을 만들기 위해서는 좋은 쇠가 필요한데, 좋은 쇠는 비싸다.

천 원짜리만 파는 마트는 잠깐 쓰고 버릴 것을 감안하고 싸게 파는 곳. 고가의 쇠로 만든 물건을 팔 이유가 없다.

"그래서 저 칼은 싸구려다?"

"네. 날에 회사 이름도 안 적혀 있는 걸 보면요."

그거야 예상했던 일이다.

제대로 생활비도 안 주는데 좋은 칼을 살 돈이 어디 있었겠는가?

'그러니까 칼을 사자는 소리를 하지.'

사실 요즘은 쇠를 다루는 기술이 워낙 발달해서, 마트에서 파는 칼도 가정에서 쓰기에는 충분하다. 그것도 오래 말이다.

칼 하나 사면 10년은 너끈하게 쓴다. 전문점처럼 뼈를 쳐내거나 하지 않으니까.

"그러면 날의 상태는 어떻습니까?"

"개판이네요."

"안 좋다는 건가요? 날카롭던데요."

"날만 세운다고 정작 날 자체를 박살 낸 겁니다."

"무슨 소리죠?"

"칼날을 세울 때는 방향이 중요합니다."

칼날을 세울 때는 한쪽 방향으로 숫돌로 밀어야 한다. 그래서 과거에는 쭉쭉 밀어서 쓰는 숫돌을 사용했다.

밀 때는 힘을 주고, 당길 때는 힘을 빼는 방식으로 말이다.

지금은 회전형 숫돌을 이용해서 칼날을 세운다.

"그런데 저건 그렇게 간 게 아닙니다."

"그러면요?"

"마트에서 파는 장비로 간 겁니다. 광고 중에 고정시켜 놓고 쭉쭉 당기면 칼이 갈리는 장비 광고가 있지 않습니까? 그런 장비로 간 겁니다. 기계로 간 게 아니라요."

"다른가요?"

노형진의 질문에 그는 고개를 흔들거리면서 눈을 찡그렸다.

"다르죠. 완전히 다릅니다. 그게 같았으면 저 같은 사람은 굶어 죽었지요."

"어떻게 다릅니까?"

"간단하게 말해서, 저 같은 사람은 말 그대로 예리하게 갈아 냅니다. 결을 따라서요."

그래서 손상도 최소화되어 칼날이 살아 있다는 게 그의 설명이다.

하지만 마트에서 판매하는 칼갈이 장비는 칼을 깎아 낸다는 표현이 더 어울리는 것이라고 한다.

당연히 표면이 거칠어져서 칼 자체의 수명이 대폭 깎인다

고.

"그걸 쓸 바에는 차라리 시장에서 저가형 칼을 새로 사서 쓰는 편이 더 좋을 겁니다. 한번 그걸로 갈아 내기 시작하면 답이 안 보입니다."

"그렇군요. 그럼, 저건 마트에서 파는 장비로 깎아 낸 흔적이다?"

"그렇습니다."

"증명할 수 있나요?"

"음…… 저는 이 일을 직업으로 삼은 사람이라 감으로 압니다만. 아마 방송에서 나왔을 겁니다."

"재판장님, 그 당시 방송분을 증거로 제출합니다."

"인정합니다."

노형진은 배심원이 볼 수 있도록 방송분의 일부를 틀어 줬다.

그건 전문가가 갈아 낸 칼날과 집에서 쓰는 칼갈이로 갈아 낸 칼날을 현미경으로 확대한 장면이었는데, 확실히 달랐다.

전문가가 갈아 낸 칼날은 가지런하고 정리되어 있는 반면 마트표 칼갈이로 갈아 낸 칼날은 진짜로 표면이 거칠고 여기저기 깎인 형태의 흠집이 잔뜩 나 있었다.

"그러니까 이게 갈아 낸 칼이다?"

"그렇습니다."

노형진은 그 말을 듣고 우순창을 바라보았다.

그도 그럴 게, 사건 현장에서 회수된 칼을 갈아 낼 만한 사람은 한 사람뿐이니까.

"이상입니다."

노형진은 이쯤에서 물러났다.

그러자 우순창은 마음이 급해졌다.

만일 사건을 조작한 게 드러나면 그는 끝이다. 검사로서도 끝이다.

물론 검사로서 끝이라고 해도 변호사로 계속 활동할 수도 있겠지만, 검사라는 보호막 밖으로 나간 자신을 노형진이 가만둘 가능성이 거의 없다는 게 문제였다.

'큰일 났다.'

그제야 자신이 무슨 미친 짓을 했는지 깨달았지만 이미 늦어도 너무 늦어 버린 상황.

그는 다급하게 증인에게 물었다.

"어찌 되었건 저걸 갈아서 쓸 수 있다는 거죠?"

"쓸 수야 있죠. 어떤 칼이든 갈아서 쓸 수는 있습니다. 오래는 못 써서 그렇지."

"하지만 피고인이 칼을 산 목적은 결국 살인인 거네요?"

그 말에 증인석에 있던 증인은 어이가 없는 얼굴로 말했다.

"저야 모르죠. 저는 두 사람을 알지도 못합니다. 애초에 두 사람이 살던 동네는 제가 영업하던 곳도 아니었고요."

그 말에 우순창은 아차 싶었다.

하지만 이미 실수는 했고, 일부 배심원들은 한심하다는 듯 그를 바라보고 있었다.

"크흠, 그러니까 어찌 되었건 칼을 갈아서 쓸 수 있었다, 칼을 살 필요는 없었다 이거네요."

"그렇습니다. 뭐, 싼 칼이라면 더더욱 쉽게 버릴 생각을 하겠지요."

"이상입니다."

짧은 질문이었다.

애초에 사건의 당사자도 아니고 뭔가에 관련된 사람이 아니라서 딱히 물어볼 만한 게 없었기 때문이다.

"두 분, 더 이상 질문은 없습니까?"

판사의 말에 노형진은 손을 들었다.

"아직 질문이 하나 남아 있습니다."

"하세요."

"감사합니다, 재판장님. 증인."

노형진은 증인을 부르고는 우순창을 힐끔 보았다.

사실 이 모든 질문과 입증 과정은 이 질문을 하기 위한 사전 설계나 마찬가지였다.

사람들은 칼에 대한 기본적인 지식을 얻었으니 이제 이 질문을 들으면 이 상황이 이상하다고 느낄 거다.

"네."

"이 칼이 말입니다, 언제 간 것 같습니까?"

"음…… 아마도……."

잠깐 고민하던 증인은 조심스럽게 입을 열었다.

"아무리 오래됐어도 한 달 이내, 가깝게는 일주일 이내에 갈린 겁니다."

"뭐라고?"

"그게 가능해?"

그 말에 배심원단은 웅성거렸다.

그도 그럴 게 알시아는 구속 재판 중이라 현행범으로 체포되어 감옥에 들어간 지 두 달이 넘어서 집에 들어간 적이 없다. 또한 애초에 집 안의 칼은 바로 그날 증거로 수집되어서 경찰로 넘어갔으니 날을 가는 건 그 누구도 불가능하다.

그런데 그게 아무리 오래됐어도 한 달 이내, 가깝게는 일주일 이내라는 말은 생각지도 못한 것이었다.

"확실합니까? 어떻게 아시죠?"

"칼이 말입니다, 아무리 잘 관리해도 약간씩 녹나는 건 어쩔 수가 없어요."

"스테인리스강 아닌가요, 이거? 스테인리스는 녹이 안 나지 않습니까?"

그 말에 증인은 고개를 흔들며 말했다.

"스테인리스라고 녹이 안 나는 건 아닙니다. 사용하다 보면 날 수밖에 없습니다. 애초에 스테인리스라는 게 그 녹나는 걸 최대한 막으려는 목적으로 만들어진 거라서요. 상황에 따라 정도가 달라지기는 하지만요."

실제로 물이나 열기 등에 자주 닿은 스테인리스는 다른 것보다 훨씬 빨리 녹난다.

철에 비해 거의 안 나기 때문에 수년씩 걸리는 것일 뿐.

"그런데 그걸 알아볼 수 있나요?"

"있죠. 몸통 쪽, 특히 손잡이가 고정된 부분에 녹이 슬슬 올라오는데, 그런 건 참 오래된 거거든요. 대부분 살짝 녹이 올라오면서 광택이 많이 죽고요."

"그런데요?"

"그런데 이 칼에는 그런 게 전혀 없습니다. 그러니까 최근에 한번 깎아 냈다는 소리죠."

"칼날 부분을 말인가요?"

"네. 그 부분만 광택이 새로 올라왔어요. 표면도 거칠고. 사용하다 보면 거친 표면이 조금씩 정리되는데 그런 흔적도 없으니 최근에 깎아 냈다는 소리죠."

"그건 경험상의 이야기입니까, 아니면 과학적인 이야기입니까?"

"경험적인 이야기입니다만, 과학적으로도 아마 맞는 이야기일 겁니다."

노형진은 그 말에 고개를 돌려서 판사를 바라보았다.

"재판장님, 지금 증인의 진술에서 들으셨다시피 증거가

오염되어 있을 가능성이 아주 큽니다. 누군가가 피고인에게 죄를 뒤집어씌울 목적으로 칼을 깎아 낸 것이라면 이는 명백하게 심각한 범죄입니다."

아니나 다를까, 주심의 얼굴은 딱딱하게 굳어 있었다.

그도 그럴 게 살인미수의 증거물을 그렇게 허술하게 관리하지는 않을 테니까.

결국 증인의 말대로 최근에 누군가가 깎아 냈다면 그건 경찰 아니면 검찰이라는 소리인데, 그게 사실이라면 사건이 이만저만 커지는 게 아니다.

더군다나 지금 필리핀에서 온 기자들이 이곳을 촬영하는 상황. 그게 사실이라면 필리핀 정부가 가만있을 리가 없다.

"확실히 일리가 있군요. 이 사건과 관련해서 해당 칼의 상태에 대한 확실한 과학적 검사가 이루어져야 하겠군요."

주심의 말에 우순창과 두 명의 부심의 얼굴은 굳어 가기 시작했다.

"해당 칼을 국과수에 넘겨서 정밀 검사를 진행하겠습니다. 그때까지 재판은 연기합니다."

노형진은 주먹을 불끈 쥐었다.

공무원이 공무원이지, 뭐

우순창의 얼굴은 사색이 되었지만 재판정 밖으로 나오는 노형진과 김승연의 얼굴에는 화색이 돌았다.

오늘 재판을 통해 검찰의 증거 조작 의혹을 터트린 이상 판사도 배심원들도 모든 걸 의심하기 시작할 테니 결과적으로 사건은 그들에게 유리하게 돌아가게 될 테니까.

"우순창 검사 얼굴 하얗게 질리는 거 보셨어요?"

재판정에서 나와서 차량으로 이동하면서 김승연은 상기된 얼굴로 말했다.

초임 변호사인 그녀에게 이런 호쾌한 한 방은 처음 겪어 보는 일이었기에 잔뜩 고양된 느낌이었다.

"봤습니다. 이제야 자기가 좆 된 걸 아는 눈치더군요."

"멍청하긴. 그걸 갈아 재낀 게 그놈이겠지요?"

"그럴 겁니다. 경찰이나 부하를 시키면 정보가 새어 나갈 테니까."

그런데 국과수에서 본격적으로 조사에 들어가면 아마 근시일 내에 칼을 갈았다는 결과가 나올 거다.

물론 언제 어디서 갈았는지 자세하게 나오지는 않겠지만, 그렇다고 해서 최근에 간 게 부정되지는 않을 거다.

"아마 사법 시스템의 문제에 대해 터져 나올 겁니다. 이번에는 내부에서 감출 수도 없을 테고요."

그도 그럴 게 지금 필리핀의 기자가 이곳에서 처음부터 끝까지 찍고 있으니까.

심지어 그는 한국어도 잘한다.

그는 지금 상황을 그대로 방송국으로 계속 전송하고 있고, 방송국은 이 상황을 다시 필리핀 정부에 제공하고 있다.

필리핀 여성에게 죄를 뒤집어씌우고 있다는 증거가 나타난 이상 필리핀도 가만있을 수는 없는 노릇.

"자기 딴에는 머리를 좀 쓴 모양인데."

아마도 적당히 힘써서 법적으로 이긴 다음 부모님의 복수를 했다는 일종의 정신 승리를 하려고 했던 모양인데, 애석하게도 노형진은 그렇게 둘 생각이 없었다.

"그리고 누차 말하지만 법은 공정해야 합니다. 그렇지 않아서 문제지요."

만일 우순창이 알시아를 살인미수가 아니라 과잉 방어로 기소했다면 노형진도 일을 이 정도로 키우지는 않았을 것이다.

하지만 우순창은 그녀가 자신을 법적으로 지킬 힘이 없다는 사실을 알고는 실적을 채우기 위해 살인미수로 엮어 버렸다.

"이번에야 우리 새론이 나서서 막았다지만 그러지 못한 사건이 한두 개가 아닐 테니 아마 복잡할 겁니다."

미국처럼 사법 형량 거래를 한 것도 아니고, 진짜로 그냥 죄를 뒤집어쓰고 감옥에 갇히는 거다.

당연히 당사자는 억울할 수밖에 없다.

"그나저나, 그러면 이제 어떻게 되는 거죠? 이대로 두면 무죄가 나올까요?"

"물론 우순창이 순순히 물러나진 않을 겁니다. 검사 자리에서 쫓겨나면 제가 가만두지 않을 거라는 걸 알고 있을 테니까요."

우순창은 어떻게 해서든 살인을 시도했다는 프레임을 밀고 갈 것이다.

"하지만 이제 다음번에 그걸 끝내야지요."

노형진의 말에 김승연이 놀란 얼굴로 물었다.

"다음번? 이게 끝이 아니라고요?"

"확실하게 자기방어를 했다는 증거가 없으니까요."

엄밀하게 말하면 이 모든 상황은 정황증거 또는 사건 수사와 관련된 이상 징후들이지 정확하게 무죄라고 증거가 나온 것은 없다.

"하지만 여전히 그건 마찬가지 아닌가요?"

자기방어를 했다는 증거는 없다.

"저도 처음에는 그랬습니다. 그런데 이 사진을 보고 있자니 이상하다는 생각이 들더군요."

"어떤 사진요?"

"이 사진 말입니다."

노형진은 검찰에서 살인미수의 증거로 제출한 사진을 내밀었다.

그건 다름 아닌 주중환의 옷 사진이었다.

사건 현장에서 그가 옷을 입은 채로 발견되어서 그런지 옷들이 온통 피범벅이었는데, 특히 윗옷은 피에 절어 있다시피 했다.

"이게 왜요? 저는 모르겠던데."

"이게 문제인 겁니다. 한국은 혈흔 전문가가 없으니까요."

"혈흔 전문가? 아, 저도 알아요. 어떤 드라마에서 주인공 직업이 그거였죠?"

"맞습니다."

혈흔 전문가는 퍼진 피의 형태를 보고 그 상처가 어떤 경위로 생긴 건지 판단하는 사람이다.

가령 동맥이 베이면 피가 마치 분수처럼 뿜어져 나온다.

그리고 폐가 칼에 찔려도 입에서 피가 뿜어져 나온다.

하지만 똑같이 뿜어지는 것이라 해도 그 형태는 완전히 다르다.

그런 걸 판단하기 위해서는 전문적인 영역에 대해 알아야 한다.

"하지만 한국은 그게 불가능하죠. 이유는 아시죠?"

"애초에 시중에 혈흔 전문가가 없으니까?"

"이제야 조금씩 아시는군요. 맞습니다. 한국에는 혈흔 전문가가 없죠. 애초에 혈흔 전문가라는 직업에 대해 아는 사람도 거의 없다시피 하고요."

혈흔 전문가가 아예 없는 건 아니다. 실제로 그들은 국과수와 경찰에 소속되어 수사를 진행한다.

문제는 검찰과 경찰이 전문가를 독점하다시피 하고 있다는 거다.

"민간에서 그런 정보를 접하는 데에는 한계가 있지요."

"하지만 우리가 증언을 요청하면 나오기는 하잖아요."

"물론 그렇습니다. 하지만 그들을 믿을 수 없다는 게 문제입니다."

"어째서요?"

"탐정법이 통과되었지만 사실 한국에서 혈흔 전문가가 탐정으로 활동한다 해도 수익이 날 가능성이 거의 없거든요."

"네?"

뜬금없이 탐정이라는 직업과 이번 일이 무슨 관계가 있단 말인가?

"이번 사건이랑 그게 상관이 있어요?"

"간접적으로는 있습니다. 미국은 한국과 다르게 외부의 인원에게 완전히 폐쇄적인 형태를 가지지 않습니다."

대표적인 예가 바로 현상금 사냥꾼이다.

미국의 현상금 사냥꾼은 의외로 실력이 좋다.

미 정부가 현상금 사냥꾼을 인정하고 활동을 계속할 수 있게 두는 것은 부족한 인원 공백을 메우고자 하는 목적도 있지만 동시에 퇴직한 전문가들이 의외로 그런 걸로 많이 먹고 살기 때문인 것도 있다.

"그런데 한국은 어떤가요? 현상금 사냥꾼이 먹고살 만큼 충분히 돈을 줍니까?"

"그건…… 아니죠."

현상금 사냥꾼은커녕 실제로 현상금을 줘야 하는 사람에게도 돈을 안 주기 위해 혈안이 되어 있는 게 대한민국의 사법 시스템이다.

가령 어떤 범죄자에게 최대 3천만 원의 현상금이 걸려 있다고 치자. 그러면 진짜로 그 사람을 신고하면 3천만 원을 줄까?

아니다. 직접 잡은 게 아니라 전화로 신고만 한 거라면 보통 500만 원, 잘해 봐야 1천만 원 정도다.

진짜 어디에 있는지 알고 경찰에 신고하고 도망가는 범인

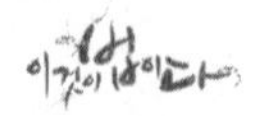

과 격투전을 해서 체포해야 3천만 원이 나올까 말까다.

심지어 어떤 사람이 현상범을 신고하자 경찰이 그 돈을 꿀꺽하기 위해 그 사람에 대한 기록을 완전히 지워 버린 적도 있었다.

"쉽게 말해서 혈흔 전문가 같은 사람들은 나가도 일할 곳이 없다는 겁니다. 탐정으로 일할 수야 있겠지요. 그런데 탐정업에 살인 사건 조사가 들어가겠습니까?"

"아, 무슨 말인지 알겠네요. 대부분의 탐정업은 수사 쪽 문제죠?"

"맞습니다. 그런데 혈흔 전문가가 수사 전문인 것은 아니거든요."

혈흔 전문가는 살인 현장에서 혈흔을 파악해 어떤 식으로 벌어진 사건인지 분석하는 역할을 한다.

그런데 탐정업이라는 건 경찰의 부실한 수사를 보충하기 위해 만들어진 제도라, 그저 분석만 할 뿐 수사를 해 본 적은 없는 혈흔 전문가가 먹고살기는 힘들다.

그렇다고 해서 외부에서 그들을 초빙해서 분석을 맡기는 것도 아니고.

그렇다 보니 현실적으로 혈흔 전문가는 경찰을 나오면 먹고살 방법이 없다.

프로파일러라는 직업은 그나마 좀 나은 거다.

새론에서 민간 프로파일러 시장을 연 이후로 대형 로펌들은 어떻게 해서든 자기네들 전문 프로파일러를 가지려고 노력 중이니까.

하지만 혈흔 전문가는 그게 안 된다. 솔직히 민간 시장에서 그들이 할 수 있는 게 없다.

"나와서 의사를 하면 되지 않아요?"

노형진은 그 말에 고개를 흔들었다.

"국과수에 속해 있지만 그들은 의사가 아닙니다."

"그러면?"

"경찰에서 잘리면 그때는 그냥 아무것도 못 하는 겁니다."

이런 전문가는 키우는 데 수억이 들어가지만 말을 안 듣는다고 잘리면 그때부터는 진짜 할 수 있는 게 없어진다.

"그러면 그 사람은 무슨 말을 할 수 있을까요?"

"아, 그러네요. 진실을 말하기가 쉽지 않겠네요."

"당장 비리 사실을 신고했다는 이유로 배신자 취급하면서 말려 죽이려고 하는 게 경찰과 검찰 그리고 법원입니다."

그런 분위기를 가진 한국의 사법 시스템 안에서 과연 진실을 이야기하기가 쉬울까?

"물론 법원에 온 이상 위증은 쉽지 않을 겁니다. 하지만 모른 척하는 건 불가능하지 않죠, 이 사진처럼."

노형진은 사진을 톡톡 두들기며 말했다.

"이 사진이 뭐가 문제인지 저는 잘 모르겠네요."

"자, 예를 들어 보죠."

노형진은 볼펜을 들어서 자신의 등에 가져다 댔다.

"여기에 칼을 찔렀다고 해 봅시다. 제가 찌를 수는 없으니 거기다 가져다 대 주세요. 네, 그렇게."

김승연이 어중간하게 볼펜을 가져다 대고 있자 노형진은 자연스럽게 다음 행동을 시작했다.

"사람이 칼에 찔리면, 그것도 등에 찔리면 우선 반사적으로 그 칼을 잡으려고 할 겁니다. 만일 그걸 다른 사람이 쥐고 있다면 그 사람을 떨쳐 내려고 하는 셈이 되겠죠."

노형진은 팔을 휘두르면서 등 뒤의 볼펜을 잡기 위해 허우적거렸다.

"하지만 칼이라는 게 한번 박히면 쉽게 안 빠집니다. 애초에 힘이 들어가는 방향도 다르고요. 이 상태로는 방향이 역으로 작용하니까요."

등에 찔린 칼을 뽑아내려면 칼을 뒤로 잡아당겨야 한다.

하지만 사람의 팔이 아무리 길어도 등에 박힌 칼을 뒤로 당겨서 빼내는 건 무척이나 어렵다.

그럴 수밖에 없는 게, 어느 쪽으로 잡든 칼을 잡아서 당기는 순간 힘이 쏠리는 방향으로 칼이 움직이면서 상처를 벌려 엄청난 고통을 유발할 테니까.

"그리고 알시아 씨는 이 순간 맞아서 나가떨어졌고, 일어나자마자 주도연 양을 데리고 도주했다고 했습니다. 그렇지요?"

"네. 그리고 주중환은 밖으로 나가서 경비원에게 살려 달라고 소리를 질렀고요."

"그때까지 칼은 등에 박혀 있었고요. 즉, 칼을 빼내는 건 실패했다는 소리죠."

노형진의 말에 김승연은 잠시 가만히 생각에 잠겼다. 그러나 곧 고개를 갸웃거렸다.

"이해가 잘 안 가는데요."

"아무래도 설명만으로는 좀 복잡한 것 같군요. 그러면, 음…… 잠깐 이렇게 하죠."

노형진은 A4 용지를 하나 가지고 와서 거기에 물을 잔뜩 부은 다음에 김승연에게 건넸다.

"자, 이걸 제 등에 붙이세요."

"어떻게요?"

"어떻게 붙이든 상관없습니다."

고민하던 김승연은 마침 책상에 있던 사무용 집게로 그걸 노형진의 등에 붙였다.

"이 물을 제 피라고 합시다. 저는 칼에 찔려서 피를 흘리고 있습니다. 천천히 피가 새어 나오고 있는 거지요. 제가 이렇게 서 있으면 피는 어디로 향할까요?"

"당연히 아래로 가겠지요. 엉덩이 쪽으로요."

"네, 지금 그렇지요?"

"네."

실제로 주중환의 바지의 엉덩이 부분은 피로 흠뻑 젖어 있었다.

“결국 주중환의 말이 맞았던 건가요?”

“아직 실험 안 끝났습니다. 이제는 반대로 생각해 봅시다. 알시아 씨의 증언이 맞고, 주중환이 강간을 위해 바지를 내리고 있었다고 친다면 말입니다. 나가기 위해서는 바지를 다시 올려야 합니다.”

당연한 거다. 발목이나 허벅지에 바지가 걸려 있으면 기동에 제한이 심각하게 걸리니까.

“에…… 제가 진짜로 바지를 내릴 수는 없으니까 이걸로 하죠. 대략 무릎 정도까지 바지를 내렸다고 했으니까…….”

노형진은 다른 A4 용지 두 장을 무릎에 붙였다.

그리고 아까처럼 마치 칼을 빼려고 하는 것처럼 버둥거렸다.

물론 종이를 뗄 수는 있지만 칼인 걸 감안해서 떼지는 않았다.

그리고 하다가 안 되겠다고 생각한 것처럼 바지를 입기 위해 몸을 바로 하고 무릎에 붙어 있던 A4 용지를 잡아서 올렸다.

“이런 형태가 될 겁니다.”

“어?”

그걸 본 김승연은 자신도 모르게 당황한 목소리를 낼 수밖에 없었다.

지금 노형진이 보여 준 모습, 그러니까 바지의 엉덩이부터 옆쪽까지 젖는 모습이 마치 사진 속 주중환의 바지의 흔적처럼 보였던 것이다.

“잠깐…… 잠깐만요. 이거 형태가 주중환의 바지 같은데요?”

“그렇지요? 피가 엉덩이와 옆쪽에 묻어 있지요. 바지를 위로 올리기 위해서는 당연히 옆쪽을 잡아서 올려야 하니까.”

“하지만 여기 조사 기록에 따르면 위에서 흘러내려 온 피가 번진 거라고…….”

“물론 그렇게 볼 수도 있죠. 하지만 이 안에 또 다른 거짓말이 있더군요.”

“또 다른 거짓말요?”

“이 사건대로 봅시다. 피는 등을 타고 내려와서 안에서 배어 나온 겁니다.”

노형진은 A4 용지 한 장에 물을 붓고 그 위에 두 장의 새로운 종이를 올렸다. 그러자 아래에서 그 물이 흡수되면서 종이에 천천히 얼룩이 생기기 시작했다.

“그런 경우 이렇게 흠뻑 젖어 버리지요. 하지만 옆쪽의 흔적은 그렇게 보이지 않더군요. 그것보다는 묻은 것에 가까워요.”

젖은 종이에 잠깐 손을 올렸다가 빈 종이에 손을 스윽 문지르는 노형진.

그러자 그 형태는 완전히 달랐다.

바지 옆쪽에 남은 혈흔과 비슷해 보였던 것이다.

"보다시피 바지에서 드러난 형태 역시 완전히 다릅니다."

내부에서 배어 나와 젖은 것과 밖에서 묻은 흔적이 남은 것. 두 가지는 전혀 다른 형태를 가진다.

"이걸 어떻게 아셨어요?"

보통 변호사라면 이런 건 전혀 모를 거다.

법만 주야장천 공부해서 법정 놀음에는 익숙하지만 이런 실무적인 영역은 잘 모른다.

"저는 군 검찰 수사관 출신이니까요."

"군 검찰 수사관요?"

노형진은 대충 변명했다.

"이걸 아는 건 검사입니다. 변호사가 아니라요."

"잠깐, 그러니까 변호사가 아는 것과 검사가 아는 게 다르다는 말인가요?"

김승연은 눈을 찡그리면서 물을 수밖에 없었다.

"제가 누차 말씀드리지 않습니까, 법은 애초에 교육 단계에서부터 차별적이라고."

"미친!"

김승연은 욕이 절로 나왔다.

조금씩 알아 가고 있었지만 이 정도로 지식수준이 차이 날 줄은 몰랐으니까.

"전관예우를 사람들은 좋아하죠. 실제로 전관예우를 받으면 승률이 높아지는 건 사실입니다. 하지만 그게 아니라고 해도 검사 출신과 일반 변호사 출신은 아는 게 완전히 다릅니다.”

“그런데 이런 걸 알려 주지 않는다고요?”

“다른 곳에서는요. 배우신 적 있습니까?”

“없죠.”

없다. 대학에서도, 변호사 시험을 볼 때도, 심지어 연수받을 때도 이런 사건의 분석 방법 같은 건 누구도 알려 주지 않았다.

그 누구도 말이다.

“새론은 변호사가 오면 3개월간은 무조건 사건 수임은 최소한으로 하고 기존 사건 판례를 공부해야 합니다. 제가 그런 시스템을 왜 만들었겠습니까?”

“…….”

노형진이 만들고 싶었던 것, 그리고 전하고 싶었던 것은 이런 해석의 차이에 대한 정보의 전달이었다.

이쪽은 헌법이 어쩌고 형법이 어쩌고 하면서 방어하지만 저쪽은 물적증거를 가지고 나와 버린다.

실력이 없는 변호사들이나 초임 변호사들은 그걸 막지 못하고 무너진다.

“단순 패배라면 문제 될 게 없죠. 하지만 우리 재판에는 의뢰인의 인생이 걸려 있습니다.”

변호사야 한 번 진다고 해서 인생이 바뀌지는 않지만 의뢰인은 패배 한 번에 인생이 바뀐다.

"때때로 변호사들은 그 무거움을 잊어버리더군요."

노형진의 말에 김승연은 할 말이 없었다.

자신도 이렇게 확 와닿을 정도로 차이가 날 줄은 몰랐으니까.

"그러면 이 보고서는……?"

"간단한 겁니다. 혈흔 전문가가 무능하든가, 아니면 우순창이 무슨 수작을 부린 거죠. 그리고 제가 봤을 때는 전자보다는 후자 같네요."

한국의 과학수사 기법은 생각보다 아주 뛰어나다. 그런데 이런 큰 차이를 모를 리가 없다.

"한번…… 이 사람을 만나 봐야겠지요?"

"네, 그래야 할 것 같습니다."

⚖

사건 기록을 조사해서 혈흔을 분석한 분석관을 특정하는 건 어려운 일이 아니다. 조작에 대비해서 이런 사건은 모두 투명하게 명단을 작성하기 때문이다.

그래서 노형진이 그를 조용히 따로 커피숍으로 불렀을 때 그는 아예 고개를 팍 숙이고 들어왔다.

아무리 검사라고 해도 국과수 직원의 생활 반경까지 통제

할 수는 없기에 만나는 건 어렵지 않았다.

"어, 인송찬 씨?"

너무 창백한 얼굴로 들어오는 그를 보고 김승연은 이 사람이 여기서 죽는 게 아닐까 하고 걱정할 정도였다.

"잘못했습니다."

"네? 뜬금없이요?"

"제가 원해서 그런 게 아닙니다. 그렇게 쓰지 않으면 저를 해고하겠다고……."

"얼씨구?"

시작도 하기 전에 술술 부는 걸 보니 이 사람, 아무래도 간이 코딱지만 한 모양이다.

'하긴, 그런 사람이니 당연히 위의 압력에 저항하지 못하겠지.'

대충 상황이 이해가 간 노형진은 혀를 끌끌 찼다.

"그러니까 혈흔이 이상하다는 건 알고 있었다는 거네요."

"네, 그렇게 다른데 못 알아보면 나가 죽어야지요."

"어떻게 된 겁니까?"

"사실은……."

빠른 승진을 원한 우순창은 실적이 필요했다.

그리고 살인 사건의 해결은 생각보다 승진할 때 인사고과에서 배점이 높다.

"그렇다고 해도 이걸 이렇게 해석하는 건 전혀 다른 문제 아닌가요?"

"그게, 사실은 저희 원장이 우순창의 아버지와 아주 친합니다."

"국과수의 원장이요?"

"네."

"끄응."

국립과학수사연구소.

대한민국 과학수사의 첨병이다. 그러나 현실은…….

공무원일 뿐이다.

"국과수가 이런다고요?"

"뭐, 현실은 그렇지요."

어이가 없어 하는 김승연 변호사에게 노형진은 쓰게 말했다.

"사람들이 환상을 가지고 있어서 그렇지 사실 한국 국과수는 여러 가지 부족한 게 많습니다. 실력이 나쁜 건 아닌데 그 실력을 제대로 낼 수 있는 구조가 아니에요."

일단 국과수는 검사 오류를 책임지지 않는다.

그로 인해 사람이 감옥에 가거나 사형을 당해도 국과수에서는 그 어떤 책임도 지지 않는 형태로 되어 있다.

물론 대부분의 연구원들은 타인의 인생이 걸려 있기에 꼼꼼하게 하려고 하지만, 힘든 일에 비해 인력이 부족해서 실수가 나올 수밖에 없는 구조다.

특히나 자동차 사고나 기계에 관련에서는 아예 민간인보다 못하다는 게 정설이고 말이다.

실제로 국과수의 자동차 사건 조사 매뉴얼은 수십 년 전 물건이다. 자동차 사고를 담당하는 민간 조사원이 그렇게 넘치는 데에는 다 이유가 있는 거다.

"아무리 그래도 그렇지, 사건 기록을 조작한다고요?"

"처음도 아닙니다만."

"네? 잠깐, 그게 무슨 말씀이세요? 처음도 아니라니요!"

노형진의 말에 김승연은 목소리를 높였고 인송찬은 창피함 때문에 더더욱 고개를 숙였다.

"화성 연쇄살인 사건에서 말입니다, 범인의 음모로 추정되는 조직이 나왔습니다. 그리고 그걸 국과수에서 조사했는데 그 검사 결과를 조작했었지요."

"아니, 왜요?"

"모르죠."

노형진은 어깨를 으쓱했다. 실제로 아무도 모르니까.

한국을 뒤흔든 살인 사건이다. 그런데 어째서인지 그걸 국과수에서 조작했다.

쉬쉬하고 넘어가서 대부분은 모르지만 말이다.

"그 당시의 수사야 뭐, 개판이었지 않습니까?"

닥치는 대로 사람을 끌고 가서 고문했고 그 후유증으로 몇 명이 자살할 정도로 이슈가 되었던 사건이다.

그런데 정작 진짜 범인이 용의선상에 올라와 있는데 일개 경찰이 이 사람은 그럴 사람이 아니라면서 마음대로 용의 선상에서 제외하는 바람에 결과적으로 수십 년 동안 범인이 잡히지 않은 사건이 된다.

나중에는 아예 일을 키우기 싫다면서 사망자의 시신을 경찰이 가져다가 은닉하는 짓까지.

"총체적으로 개판이었던 사건입니다."

"하지만 국과수가 왜……."

"국과수의 실력이 나쁜 건 아닙니다만 공신력은…… 솔직히, 글쎄요."

노형진은 그 부분에 대해서는 상당히 부정적이었다.

하지만 노형진의 그 말에 김승연은 한 번 더 충격받았다.

"국과수를 믿을 수가 없다고요?"

"제 기준으로는요."

"하지만 실력은 좋다고 하셨잖아요?"

"실력이야 좋지요. 다들 사명감도 뛰어나고. 하지만 현실은 시궁창이라고 하지 않습니까? 안 그런가요, 인송찬 씨?"

"네에……."

기어들어 가는 목소리로 말하는 인송찬.

"현실적인 문제가 많습니다."

국과수의 장비? 현대의 장비가 거의 없다.

물론 정부에서는 최신 장비들을 수급하려 하지만 이런 연구 장비는 한두 푼 하지 않는다.

작은 것 하나에도 수억, 좀 크거나 정밀한 건 수십억씩 한다.

그러다 보니 뭐 하나 보충하는 것도 쉽지 않다.

"맨날 하는 말이 예산 타령이니까요."

물론 모든 조직이 다 그렇지만 공무원은 더더욱 그렇다.

실제로 국과수는 전국에 고작 다섯 개뿐이다.

"일거리는 많고 장비는 후지고. 무슨 뜻인지 알죠?"

"그러면……."

"솔직히 저는 국과수를 믿지 않습니다. 실수의 여지가 너무 많아요."

다른 연구소들은 최소한 돈이라도 있어서 충분한 장비로 조사가 가능하지만 국과수는 그게 안 된다.

"신형 장비가 나와도 사 달라는 소리도 못 하고요. 더 웃긴 건 밖에서 알아서 조사해서 가지고 가도 경찰이나 검찰에서는 국과수에서 오지 않았다는 이유로 조작 운운하면서 받아들이지 않으려고 한다는 겁니다."

공신력이라는 것은 이 조직이 믿을 수 있다는 그런 의미다.

"제가 봐서는 말입니다, 국과수가 공신력이 있는 게 아닙니다. 국과수에만 공신력을 부여하려고 몸부림치는 거지."

"……."

실제로 외부 연구소에서 결과를 가지고 가면 가장 먼저 하는 이야기가 조작에 대한 것이다.

매번 국과수가 어쩌고 국과수의 연구 결과가 어쩌고 하지만, 현실적으로 냉철하게 생각해 보면 국과수의 연구 결과가 믿을 수 있을 거라는 보장은 없다.

"장비도 민간 연구소에 비해 수십 년은 뒤처지고, 보다시피 정치적 문제에서 안전한 것도 아닌데 뭘 믿겠습니까?"

김승연은 이제 아예 허탈한 얼굴이 되었다.

각오는 하고 있었다지만 새론에 온 후 자신이 배운 모든 법률적 상식과 근간이 무너지고 있었으니까.

'뭐, 한 번은 겪어야 하는 일이니까.'

노형진은 혀를 끌끌 차면서 인송찬에게 말했다.

"계속 이야기해 주시죠."

"네, 그래서……."

국과수의 원장은 우순창의 아버지의 지인으로, 우순창과도 평소에 잘 알고 지내던 사이였다고 한다.

우순창은 이 사건이 살인미수라고 생각해서 혈흔 분석을 맡겼지만 인송찬은 살인미수의 가능성이 없다고 판단했다.

노형진의 추측대로 바지에 피가 번진 형태나 다른 부분의 피의 흔적이, 바지를 일단 벗었다가 끌어 올린 형태였으니까.

"그런데요?"

"그런데…… 원장에게 불려 갔습니다."

원장은 지금 자기에게 창피를 주려고 하는 거냐면서 소리를 버럭 질렀다고.

인송찬은 내가 잘못한 건가 하며 다시 검사했지만, 이상 징후는 없었다.

그래서 다시 보고서를 올렸는데, 원장은 또다시 그를 불러서 강하게 질책했다고 한다.

"한 번만 더 이딴 식으로 대충 분석하면 잘라 버리겠다고 하더라고요."

그제야 인송찬은 그가 원하는 게 진실이 아닌 조작이라는 사실을 알았다.

"거부하고 싶었지만…… 실제로 그렇게 잘려 나간 사람들이 몇몇 있어서……."

"기가 막히네, 진짜."

안 그래도 인원이 부족한 판이다. 그런데 그렇게 막 자른다니.

"그래서 그렇게 써낸 거라고요?"

"네, 어쩔 수가 없었습니다. 아시겠지만 국과수 원장쯤 되면 업계에 미치는 영향이……."

하긴, 혈흔 전문가를 데리고 일하는 탐정 사무소가 없으니 결국 갈 수 있는 곳은 민간 연구소인데, 국과수 연구소장의 전화 한 통이면 결과적으로 그의 인생은 끝난다고 봐야 한다.

"그러면 이 이야기를 증언하면!"

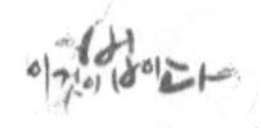

듣고 있던 김승연의 얼굴이 환해졌다.

이 사실을 증언시키면 이 사건은 끝나기 때문이다.

사실상 이것만큼 사건을 조작했다는 확실한 증거가 어디 있단 말인가?

하지만 노형진의 생각은 달랐다.

"아니요. 인송찬 씨에게 증언하게 할 생각은 없습니다."

"네? 제가 증언하지 않아도 된다고요?"

"노 변호사님?"

노형진은 인송찬을 바라보면서 말했다.

"인송찬 씨, 보니까 결심하고 나오신 모양이네요."

"저야 어차피…… 어느 쪽이든 파리 목숨인지라……."

그건 맞는 말이다.

그는 분명 사건을 조작했다.

설사 원장이 조작하라고 시켰다고 해도, 그건 부정할 수 없다.

증언하면 내부에서 배신자 취급을 받으면서 연구소를 그만두게 될 테지만, 증언하지 않아도 결국은 해직 대상이 될 것이다.

"그러니까 증언하지 않으셔도 됩니다."

"안 해도 된다고요?"

"하지만 노 변호사님, 그러면 이 사건은 누가 해결하는데요?"

그의 증언이 없으면 사건을 뒤집기 힘들다. 노형진의 말마따나 민간에는 혈흔 전문가가 없으니까.

그렇다고 연구소 내부에 있는 다른 혈흔 전문가가 양심선언을 할 리는 없고 말이다.

"다만 조건이 있습니다."

"조건?"

"이번 사건은 불문에 부치겠습니다. 원하셔서 한 게 아니니까."

"그럼……."

"저희 쪽으로 이직해 주세요."

"이직요?"

"네. 기존보다 훨씬 더 높은 연봉을 보장하죠."

"노 변호사님?"

노형진의 말에 김승연은 어리둥절해졌다.

갑자기 혈흔 전문가의 이직이라니.

"갑자기 왜 혈흔 전문가를 이직시키는 거죠?"

"김 변호사님은 우리 새론에 사건 의뢰율이 높은 이유가 뭐라고 생각합니까?"

"네? 그거야…… 여러 가지 이유가 있겠지요?"

"맞습니다. 그중 하나가 바로 프로파일러의 존재입니다."

경찰에서만 운영하던 프로파일러를 노형진이 억 단위 연봉을 주고 스카우트했다.

다른 변호사들은 돈지랄이라고 욕했지만 노형진은 그렇게 생각하지 않았다.

그리고 실제로 형사사건에서 프로파일러의 등장은 많은 반전을 가지고 왔다.

억울한 사람들이 새론으로 몰려들었으니까.

나중에는 숫자를 늘렸음에도 불구하고 외부에서 들어오는 분석 요청에 제대로 대응하지 못할 정도로 일이 몰려들었고, 이제는 다른 대형 로펌들도 전문 프로파일러를 두기 위해 노력하고 있는 상황.

"결국 우리가 프로파일러를 쥐고 있다는 이점은 점점 사라질 겁니다. 그에 대처하기 위한 다른 카드가 필요합니다."

하지만 다른 연구원은 확보하는 게 쉽지 않다.

정확하게는, 그들을 구하는 건 쉽지만 그들을 지원하기 위한 장비를 구하는 게 쉽지 않다.

제대로 된 장비를 배치하기 위해서는 수백억은 들어가는데, 그 수백억을 들인 결과의 효율이 너무 떨어진다.

차라리 그 돈으로 외부 연구소에 용역을 주는 게 훨씬 이득이다.

"그런데 프로파일러와 마찬가지로 혈흔 전문가는 연구 시설이 거의 필요 없습니다."

사진을 가지고 분석하는 사람들이고, 종종 현장에 나가기는 하지만 대부분의 업무는 사무실에서 이루어진다.

"하지만 드라마에서는 종종 실험도 하던데요?"

"드라마에서야 극적인 연출을 위해 하는 거죠. 현재 나와 있는 대부분의 혈흔 패턴의 분석이 끝난 상황에서 실험이 이루어지는 경우는 드뭅니다."

그리고 노형진이 다른 로펌과 차별화하기 위해 선택한 게 바로 혈흔 전문가다.

"하지만 살인은 생각보다 많지 않은데요. 그리고 솔직히 이번 사건이 특이한 경우지, 대부분 살인 사건의 해결률은 높은 편인데요."

누명을 씌우려고 하는 게 이상한 거지 한국에서 사건의 해결률은 그리 낮지 않다.

당연히 현 상황에서 회사에 굳이 살인을 전문으로 하는 혈흔 전문가가 필요하지는 않다고 김승연은 생각했다.

그러나 노형진이 그저 살인 때문에 혈흔 전문가를 영입하려고 하는 건 아니었다.

"김 변호사님은 억울해하는 피해자가 가장 많은 사건이 뭔지 아십니까?"

"대부분의 피해자가 억울해하지 않나요?"

"네. 그런데 그게 가해자가 아니라 경찰 때문에 억울해하는 사건 말입니다."

"경찰이라……. 글쎄요?"

"폭행 사건입니다."

"폭행요?"

"한국 법은 지랄맞거든요."

한국은 정당방위가 거의 인정되지 않는다.

상대방이 칼로 쑤시는데도 가만히 있어야 한다고 할 정도로 정당방위가 인정되지 않는데, 그건 폭행도 마찬가지.

"폭행 사건이 터지면 말입니다, 대부분의 사건은 자연스럽게 쌍방으로 갑니다."

"쌍방? 아! 그러네요. 죄다 자기도 맞았다고, 쌍방 폭행이라고 주장하기는 하네요."

"네. 그리고 경찰은 그대로 처벌하지요."

가해자가 쌍방을 주장하는 이유는 간단하다. 그래야 자기가 유리하니까.

실제로 폭행 사건이 터지면 자기 혼자 두들겨 패고도 쌍방 폭행이라고 주장한다.

그것뿐만 아니라 여자의 경우는 자기가 신나게 두들겨 팬 후에 경찰에게는 성추행당했다고 거짓말까지 해 버리는 일도 있다.

상대방에게 죄를 뒤집어씌우면 돈을 안 줘도 되기 때문이다.

합의금도 안 줘도 되고 사과도 할 필요 없다.

그리고 일방적인 폭행보다는 쌍방의 싸움이 처벌 자체가 약해진다.

그 때문에 한국에서 폭행 사건이 터지면 거의 대부분 쌍방 폭행을 주장해서, 증인이 많거나 주변에 CCTV가 없는 이상에야 피해자는 억울하게 합의하거나 진짜 폭행 전과를 달아야 한다.

“하지만 경찰에서는 그걸 제대로 조사할 생각이 없죠.”

왜냐하면 그걸 그대로 올리면 일하는 건 하나인데 실적은 두 배니까.

법적으로 쌍방 폭행은 각각의 폭행으로 처벌 대상이지 하나의 사건으로 묶이지는 않는다.

“더군다나 아까도 말했지만 국과수는 일거리가 포화 상태입니다.”

그래서 단순 폭행 사건 같은 건 받아 주지도 않는다.

한국에서 폭행 사건의 숫자는 어마어마해서, 그것까지 받아 주면 일을 못 할 정도가 되기 때문이다.

“한국에서 매년 얼마나 많은 폭행 사건이 벌어질까요? 그리고 그중에서 쌍방으로 처벌받는 사건은 얼마나 될까요?”

이쪽에 혈흔 전문가가 있고 그의 지식을 이용해서 자신의 무고함을 풀 수 있다면 과연 사람들이 새론으로 오지 않을까?

“아…….”

김승연은 탄성을 내질렀다. 하지만 여전히 이해가 되지 않는 부분도 있었다.

“하지만 싸운다고 다 피를 흘리는 건 아니잖아요?”

"하하하, 그건 그렇죠. 하지만 멍이 들어도 그건 혈흔입니다. 안 그렇습니까, 인송찬 씨?"

그 말에 인송찬은 고개를 끄덕거렸다.

"맞습니다. 혈흔 전문가라고 해서 외부에 흐른 피만 보는 건 아니라서요."

멍이라는 것은 몸에 가해진 충격으로 파괴된 모세혈관이나 세포막에서 피가 스며 나오면서 생기는 거다.

즉, 그 자체도 혈흔이라는 소리다.

"폭행 사건이라……."

그렇다면 아마 새론에는 어마어마한 숫자의 사건이 몰리게 될 거다.

안 그래도 빠르게 성장한 새론이다. 그리고 이번이 두 번째 성장의 기회가 될 거다.

"그러면 이 사건은 어쩌시려고요?"

"어쩌긴요, 공인할 수 있는 곳에서 분석해야지요. 그걸 위해 인송찬 씨에게 도움을 청하는 겁니다. 관련 자료를 좀 빼내 달라고요."

"그거야 어렵지 않습니다만……. 그런데 어디다 하시려고요?"

인송찬은 눈치를 살피면서 말했다.

관련 자료라고 해 봐야 어차피 사진이고, 그 사진은 이미 충분히 확보되어 있다.

일부는 노형진 측에도 넘어왔지만 전부 넘어온 건 아니니 노형진은 그 나머지를 달라는 거다.

"민간에는 혈흔 전문가는 없잖아요. 퇴직자한테 부탁하시려고요? 검찰에서 퇴직한 혈흔 전문가를 믿을까요?"

노형진은 그 말에 고개를 흔들었다.

"퇴직한 사람 아닙니다. 현직입니다. 다만 다른 나라 사람일 뿐이지."

"다른 나라? 설마?"

"필리핀에도 과학수사 팀은 있답니다, 후후후."

님 이제 좆 된 듯

필리핀에도 과학수사 팀은 있다.

한국보다 규모도 작고 가난하기는 하지만 그렇다고 해서 그들이 실력이 없는 것은 아니다.

노형진은 인송찬에게서 받은 자료를 필리핀으로 넘겼다.

그러자 필리핀의 과학수사 팀은 혈흔 검사를 엄청나게 빨리 끝냈다.

한국이라는 나라에서 벌어진 자국민에 대한 사건.

거기다가 방송국에서 취재까지 한다고 하자 다른 사건보다 우선시해서 처리한 것이다.

그리고 그 결과를 제출하자 재판부는 얼어붙었다.

"필리핀 과학수사 팀의 분석에 따르면 해당 사진의 흔적을 봤을 때 피해자는 등에 칼을 찔린 것은 맞지만 그 당시에 바지는 내려간 상태였다가 이동하기 전에 다시 올렸다고 합니다."

"필리핀?"

"그렇습니다, 재판장님."

"크흠…… 여기서 왜 필리핀이……."

"아무래도 국과수의 조사 결과가 석연치 않아서요."

"후우……."

판사는 잠깐 고민하다가 말했다.

"30분간 정회하겠습니다. 피고인 측 변호인, 잠깐 나 좀 봅시다."

"그러시지요."

노형진은 예상이나 한 듯 순순히 고개를 끄덕거리고 그를 따라 사무실로 들어갔다.

주심 판사는 들어가자마자 노형진에게 따지듯 물었다.

"노 변호사, 도대체 무슨 생각입니까? 자꾸 이러면 내 입장이 곤란해요."

"딱히 곤란하실 건 없습니다만."

"필리핀 조사 결과를 가지고 오면 둘 중 하나가 틀렸다고 인정해야 하지 않습니까? 그러면 필리핀 방송국에서 뭐라고 하겠습니까?"

"한국에서 인종차별적인 판결을 내렸다고 하겠지요."

"알면서 그럽니까?"

"아니까 이러는 겁니다, 재판장님."

노형진은 그렇게 말하면서 주심을 똑바로 바라보았다.

"주심 판사님도 바보는 아니시지 않습니까?"

"그거야 그런데……."

그도 바보는 아니다.

이미 젊은 판사들 사이에서 이상한 기류가 흐르고 있다는 것쯤은 알고 있었다.

그리고 이 사건이 그 핵심적인 역할을 하고 있다는 것도.

"저한테 안 좋은 감정을 가지는 건 신경 쓰지 않습니다. 하지만 억울한 피해자를 만드는 건 전혀 다른 문제죠."

"그래서 굳이 우순창 검사의 인생을 조지겠다는 겁니까?"

"그가 원한 겁니다."

"뭐라고요?"

"제가 무너지면 우순창 검사가 불쌍하다고 봐줄까요? 아니면 재기 못 하도록 어떻게 해서든 저를 죽이려고 할까요?"

"……."

"판사님이야 그냥 젊은이들 장난이라고 생각하시는 모양이지만, 제 의뢰인에게는 장난이 아닙니다."

"끄응……."

확실히 주심 입장에서는 그렇게 생각한 게 사실이다.

사람들은 판검사나 경찰이 정의감을 가지고 일하기를 원하지만 그들에게는 그냥 하루에도 몇 번씩 하는 일일 뿐이다.

"그래서 끝까지 가겠다는 말입니까?"

"그래야지요."

"환장하겠군요."

주심 입장에서는 곤혹스러운 일이다. 그리고 그런 상황에서 그가 할 수 있는 건 하나뿐이다.

바로 공정한 재판.

"외부에서 전화가 많이 오나 봅니다?"

"노 변호사를 속이진 못하겠군요."

그는 쓰게 웃었다.

우순창의 아버지야 이미 인생을 조진 상황이지만 다른 판검사의 부모들은 자식이 어떻게 될까 봐 전전긍긍하면서 계속 전화하는 상황.

"그러면 이렇게 하죠."

"뭘 말인가요?"

"딱 우순창만 조지겠습니다. 공정한 재판을 한다면 말입니다."

"딱 우순창만 조진다고요?"

"네. 다른 애들은 건드리지 않도록 하죠. 솔직히 다른 애들이 뭘 한 것도 아니니까."

직접적으로 관련된 사람은 부심 판사 둘 정도인데 그들도 적극적으로 뭔가를 한 건 아니다.

물론 사건을 진행하는 데 있어서 어떻게 해서든 영향력을 행사하려고 한 건 사실이지만, 주심이 이미 그걸 알고 있고 애초에 그런 핏덩어리들의 어설픈 놀음에 놀아날 정도로 그가 경험이 없는 사람도 아니니까.

"알겠어요."

결국 주심은 고개를 끄덕거렸다.

"제대로 하지요."

"잘 부탁드립니다."

노형진은 씩 웃으며 사무실에서 나왔다.

"이제 슬슬 게임을 끝내 볼까?"

⚖

우순창은 똥줄이 바짝바짝 타기 시작했다.

탄탄대로로 달려왔던 인생이다. 그래서 자신이 하면 다 될 거라 생각했다.

아버지야 범죄를 워낙 많이 저질러서 감옥에 갔다지만, 그는 깨끗하니까 문제 될 게 없다고 생각했다.

그런데 상황이 이상했다.

필리핀에서 촬영을 오고 외교부에서 관심을 가지더니 필리핀 방송국에서는 인종차별 재판 기사가 나가기 시작했다.

그리고 냄새를 맡은 인권 운동가들이 득달같이 달려들었다.

"이게…… 아닌데……. 이게 아닌데……."

우순창은 온몸이 벌벌 떨릴 지경이었다.

물론 그가 크게 잘못한 것은 없었다.

하지만 거기서 멈추지 않고 어떻게 해서든 이기기 위해 허튼짓을 하기 시작하면서 상황이 완전히 바뀌어 버린 것이다.

"젠장, 이대로 그냥 당할 수는 없어."

그는 다급하게 자신과 어울리던 다른 젊은 판사에게 전화했다.

"야, 난데……."

—이 개 같은 새끼야, 연락하지 마.

하지만 상대방은 전화받기 무섭게 전화를 끊어 버렸다.

그는 멍하니 핸드폰을 바라보았다.

"뭐지?"

다른 사람도 아닌 자신에게 개 같은 새끼라니.

그는 다급하게 다른 친구에게 전화를 걸었다.

그러나 다음 친구는, 아니 친구라 생각했던 사람은 더더욱 잔인했다.

—어디 끈 떨어진 새끼가 연락질이야? 구질구질하게.

"뭐? 야! 야!"

—너, 나한테 한 번이라도 더 연락하면 뒈진다. 알았냐?

"잠깐…… 야, 너 무슨……."

전화는 잔인하게 끊어졌고 그는 정신이 아득해졌다.

그렇게 몇십 군데에 전화를 돌렸지만 전화가 꺼져 있거나 차단되어 있거나 아예 안 받거나 받는 순간 욕설이 들려오거나 했다.

그렇게 하루 종일 전화통만 붙잡고 있자 그 모습을 보다 못한 한 명이 상황을 알려 줬다.

―너 진짜 손절당했구나, 아무것도 모르는 걸 보니.

"뭔 소리야?"

―필리핀에 방송이 나갔어. 지금 필리핀 정부에서 한국 대사관에 항의하고 난리 났어, 이 새끼야.

"뭐?"

그 말에 그는 정신이 아득해졌다.

촬영 중이라는 것은 알았다.

하지만 그걸 그렇게 빨리 방송하다니?

―지금 토론에서 필리핀 연구자들이 이건 명백한 인종차별적인 재판이라며 거품을 물고 난리도 아니야.

"아니, 인종차별이라니! 그년이 살인미수를 저지른 거라고!"

―너 아직도 그 말 하는 거냐? 그렇게 믿고 싶은 게 아니고?

"……."

우순창은 아무 말도 할 수가 없었다.

그 또한 아니까.

그 사건은 절대 살인미수가 아니었다.

하지만 그는 살인미수로 만들어야 했다.

그래야 자신의 앞날이 빠르게 열리니까.

사실 그는 다른 사람보다 좀 다급할 수밖에 없는 처지였다.

끼리끼리 모인다고, 비슷한 사람들과 어울리고 있었지만 자신은 다른 사람들과 다르게 아버지가 노형진에게 당해서 퇴출당했다.

그래서 오래 지나지 않아 권력을 잃어버릴 거라는 것쯤은 알고 있었다.

지금이야 과거의 정 때문에 주변에서 봐줬다지만 그런 상황이 천년만년 지속되진 않을 테니까.

당연히 선두에 서야 했다. 그래서 무리한 건데…….

"야, 잠깐! 나는 그러면 어쩌라는 거야?"

—나야 모르지. 미안한데 연락하지 말아 주라.

"야…… 야!"

전화는 그렇게 끊어졌고 우순창은 다시 한번 정신이 아득해졌다.

하지만 바뀌는 건 없었다.

재판이 시작되었다.

노형진은 국과수를 증인으로 요청했다.

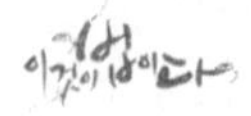

물론 국과수에서 증인을 요청한다고 해서 인송찬을 부른 건 아니었다.

애초에 인송찬은 그만두기 전에 휴가를 내고 잠수 탄 상황이었다.

결국 연락되지 않는 인송찬 대신에 다른 사람이 나와야 했다.

그리고 그는 곤혹스러운 상황이 될 수밖에 없었다.

"그러니까 지금 여기에 없는 인송찬 씨의 컴퓨터에서 이 기록이 나왔다 이거죠?"

"크흠…… 그렇습니다."

"1차 분석 결과서와 2차 분석 결과서 그리고 3차 분석 결과서."

인송찬은 내부 고발자가 될 생각이 없었다.

그 때문에 휴가를 내고 잠수를 탔다. 휴가 중 핸드폰 전원을 끄는 게 불법은 아니니까.

당연히 동료가 그의 컴퓨터를 열고 자료를 꺼내 왔는데, 인송찬이 그가 발견하기 쉽게 서류를 깔끔하게 정리해 둔 상태였다.

"그런데 이상하군요. 1차 분석 결과서와 2차 분석 결과서까지는 필리핀에서 제출한 서류와 결과가 같아요. 그런데 왜 갑자기 3차에서 바뀌었을까요? 그리고 원래 혈흔 조사를 할 때는 세 번에 걸쳐 결과를 확인합니까?"

"아닙니다."

그럴 수가 없다. 그럴 시간도 없고.

대부분 1차에서 끝나며, 2차까지 가는 건 법원에서 재검사를 하라고 하는 경우가 대부분이었다.

"그리고 이 기록에 따르면 1차와 2차는 분명 보고가 올라갔는데요?"

한국은 IT가 발전한 국가이다. 과거처럼 서류로 제출해서 결재를 받는 시대가 아니다.

당연히 모든 자료에는 제출한 기록이 남는다.

"그러니까 두 번이나 올바른 보고서를 제출했는데 두 번 다 반려당했고 3차는 그들의 입맛에 맞춰서 재작성되었다고 봐야겠군요."

"그건 모를 일입니다만……."

하지만 그는 확실하게 부정은 못 했다.

스스로 생각해도 이건 말이 안 되는 상황이니까.

"그러면 1차와 2차 그리고 3차의 결과가 다른 이유가 뭐라고 생각합니까?"

그것 말고는 이유가 없으니 당연히 증인으로 온 혈흔 전문가도 아무런 말도 하지 못했다.

"저는 사건에 대해 아는 게 없어서……."

그가 말할 수 있는 것은 딱 그 정도까지.

하지만 그것만으로도 재판부와 배심원들, 그리고 필리핀 기자들에게 확신을 주기에는 충분했다.

위에서 사건을 조작했다고.

"이상입니다."

노형진은 그쯤에서 물러났고, 주심 판사는 우순창을 불렀다.

"검사, 질문하세요."

하지만 우순창은 정신을 못 차리는 건지 가만히 있었다.

주심 판사가 한 번 더 소리를 질렀다.

"검사! 질문 없습니까?"

"아, 있습니다. 그러니까…… 에…… 이렇게 피가 묻어 있을 확률은 얼마나 됩니까? 확률적으로 이렇게 피가 묻을 수도 있지 않습니까?"

"그 확률을 정확하게 따지기는 힘듭니다, 제가 수학자가 아니라서. 하지만 현실적으로 거의 제로에 수렴한다고 보시면 됩니다."

"제로라고요?"

"등 뒤에서 찔린 형태라곤 하지만 칼은 분명 왼쪽에 치우쳐서 박혀 있었습니다. 즉, 피가 등의 왼쪽을 따라 흘러내렸다는 거죠. 그러니까 허리 왼쪽이 젖을 가능성은 분명 있습니다. 하지만 오른쪽 허리는 정반대 지점입니다. 더군다나 몸의 곡선의 형태상 피가 흐르면서 등에 있는 척추를 넘어서 오른쪽 허리 부분으로 갈 수 있는 방법이 없습니다."

"그러니까 누군가가 그걸 묻힌 거다?"

"그렇습니다."

"하지만 그래도 사람이 피를 닦고 움직일 수도 있지 않습니까?"

확실히 그럴 수도 있다. 하지만 그마저도 확률적으로 가능성이 높지 않다.

"사람이 피를 닦는다면 옆으로 닦으려고 하지는 않습니다. 옷의 앞부분이나 허벅지 위의 넓은 공간에 닦으려고 하지요. 결정적으로 그 상황에서 바지는 접혀 있었습니다."

"접혀 있었다고요?"

"네."

바지가 펴져 있느냐 접혀 있느냐에 따라 피가 묻은 형태는 당연히 다를 수밖에 없다.

"피가 스며들었거나 닦였다면 피의 흔적이 광범위하게 퍼지거나 긴 형태로 나타났어야 합니다. 하지만 실제로는 피의 형태가 물결 형태로 나타났지요. 폭이 좁아지는 부위가 접혀 있었다는 소리죠."

"그게 무슨 소리죠?"

"피를 닦아 내는 시점에서 바지는 접혀 있었다는 겁니다. 그렇다면 아마도 그 시점에는 바지가 내려가 있었다는 소리일 테고요."

내부 고발자라면 절대로 이렇게 말할 수가 없다.

하지만 그는 내부 고발자가 아니다. 그저 사실을 있는 그대로 전달하는 입장일 뿐.

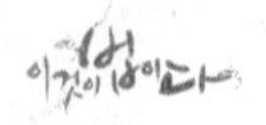

"그러면 나중에 바지를 내릴 이유 같은 건……."

"없죠. 정상적인 상황이라면 말입니다, 칼에 찔려서 밖으로 나가야 하는데 바지를 왜 내리겠습니까?"

살인미수를 증명하기 위해서 강간하지 않은 것처럼 보이고자 조작한 증거들이 모조리 무너지기 시작하면서 우순창도 걷잡을 수 없을 만큼 무너져 갔다.

'그래, 불안하겠지.'

노형진은 느긋하게 우순창을 바라보았다.

사실 정상적으로 사건을 처리했다면 불안할 리가 없다.

검사로서 사건에서 진다고 해서 바로 잘리거나 인사고과가 깎이거나 하지는 않으니까.

다만 인사고과 점수를 못 얻을 뿐이다.

하지만 그는 사건을 조작한 당사자였기 때문에 불안할 수밖에 없는 거다.

"검사, 추가 질문 없습니까?"

주심 판사는 아무 말도 하지 못하고 있는 우순창에게 다그치듯 물었다.

하지만 그는 그저 입을 다물고만 있을 뿐이었다.

⚖

얼마 후 최종 결심이 이루어졌다.

지금까지 질질 끌던 사건은 순식간에 진행되었다.

당연한 거다.

재판부 입장에서는 해외에서까지 기자들이 찾아온 사건을 질질 끌 수 있는 상황이 아니었으니까.

“이번 사건에서 피고인 알시아가 피해자 주중환을 공격한 것은 사실이나 그 원인이 자녀에 대한 강간 시도를 하고 있었고 그 상황에서 자녀를 보호하기 위해 우발적으로 벌인 일인 점, 그 후 추가적인 공격은 하지 않고 자녀를 데리고 도주한 점 등으로 미루어 긴급피난으로 보이는바⋯⋯ 피고인 알시아의 정당방위를 인정하여 무죄를 선고하는 바이다.”

“만세!”

“만세!”

노형진은 그 말에 심호흡했다.

그리고 좋아서 펄쩍펄쩍 뛰는 사람들을 바라보았다.

“뭔가 마음에 안 드시는 모양이네요.”

옆에 있던 김승연 변호사가 목소리를 낮춰서 말했다.

“필리핀 기자들이야 그렇다고 쳐도 인권 단체들이 하는 짓거리가 어이가 없어서요.”

“어이가 없다니요?”

“그렇지 않습니까? 지금 저들은 인권의 승리니 어쩌니 하지만 정작 한 건 하나도 없지 않습니까?”

물론 재판할 때 잠깐 시위하기는 했다.

하지만 딱 그 정도. 정작 도움이 필요할 때는 없었다.

"뭐, 인권 단체야 그렇다고 치고."

노형진은 힐끔 우순창을 바라보았다.

우순창은 반쯤은 정신이 나간 듯 보였다.

질 수는 있다. 하지만 자신의 저지른 문제가 여기저기서 터진 걸 넘어서 국가 간의 분쟁으로까지 연결되었으니 저러는 걸 거다.

"더군다나 현 상황에서 자신을 편들어 줄 사람도 없으니까요."

필리핀으로 사건의 증거 조작이 실시간으로 중계된 상황이니 그의 커리어는 끝장났다고 봐도 무방하다.

세상의 그 누가 그를 밀어주겠는가?

물론 인맥이 있다면, 그리고 윗선에 이권을 챙겨 줄 수 있다면 나라가 망하든 전 세계와 전쟁하든 알아서 챙겨 주겠지만, 이미 그는 그 모든 걸 잃어버린 상황이다.

"그동안은 일종의 관성 같은 걸로 끼리끼리 뭉쳐 있었지만, 이번 사건으로 알아차린 겁니다, 우순창은 자기네 세계 사람이 더 이상 아니라는 걸."

버려졌고, 힘이 없으며, 또한 짐만 될 뿐이다.

그리고 권력자들은 그런 놈들을 싫어한다.

권력을 되찾기 위해 끝도 없이 엉겨 붙을 걸 아니까.

"그렇다고 해서 도움을 준 다음에 그 보답을 받는다? 솔직히 그건 무리죠."

일단 이미 몰락한 우순창에게 과거의 성세를 돌려주기 위해서는 노형진이라는 거대한 벽, 아니 거의 절벽 수준의 괴물과 싸워야 한다.

설혹 싸운다 해도 이길 수는 있을까?

그리고 그렇게까지 해서 우순창이 권력을 되찾는다 해도 과연 얼마나 갚을 수 있을까?

"애초에 저나 새론을 꺾을 정도의 힘을 가지게 된다면 우순창 같은 놈의 도움도 필요 없을 테고요."

결과적으로 남은 선택지는 손절뿐이었다.

"그런데 왜 무죄가 나온 걸까요? 과잉 방어로 처벌은 못 피한다고 하셨잖아요."

"아, 뻔합니다. 필리핀의 눈치를 보는 거죠."

노형진은 어깨를 으쓱하며 말했다.

만일 여기서 무죄가 안 나온다?

그러면 필리핀에서는 난리를 피울 거다.

억울한 필리핀 여성에게 죄를 뒤집어씌운다고 말이다.

단순히 사건의 해결이 아니라 실제로 검찰에서 증거까지 조작해서 죄를 뒤집어씌우려고 한 상황이다.

"한국의 재판부는 공정하지 않습니다. 극단적으로 정치적이고 또한 비공정합니다. 사실 대한민국의 재판부는 사실상 또 다른 정치단체나 다름없어요."

입으로는 공정을 외치고 올바른 판단을 한다고 말하지만 사실 대부분의 사건에서, 특히 정치적인 사건에서 재판부는 답을 정해 두고 들어가고 주위에서 뭐라고 해도 결국 그 답을 관철한다.

"판단은 재판부가 하니까요."

"확실히 그런 면이 있지만……."

김승연은 왠지 떨떠름하게 말했다.

"노 변호사님은 재판부에 대해 엄청나게 불신이 깊으시네요."

"당연한 겁니다. 재판부를 믿지 않고 최선을 다하는 게 변호사의 책임입니다. 믿고 있다가 뒤통수 맞고 재판부가 이럴 줄 몰랐다고 말하는 건 의뢰인에 대한 예의가 아닙니다."

노형진의 말에 김승연은 기분이 묘해졌다.

그동안의 모든 지식이 의미가 없다는 생각이 들 정도였다.

"우리 새론에 온 이상 확실하게 알아 두세요. 사법부도 검찰도 경찰도, 다 적입니다. 우리 편은 없어요. 우리가 싸우지 않으면 누구도 도움을 받지 못합니다."

그 말에 왠지 김승연은 가슴이 답답해졌다.

선 넘네?

필리핀의 눈치를 본 사건은 결국 무죄판결로 끝났다.

우순창은 살기 위한 최후의 발악으로 이의 신청을 내고 2심으로 가려고 했지만 재판부는 단호하게 기각시켜 버렸다.

증거가 조작되었다는 확실한 증언이 나온 이상 2심을 진행할 의미 자체가 없기 때문이다.

그리고 얼마 지나지 않아 우순창에 대한 재판이 시작되었다. 사건을 조작한 혐의를 가지고 말이다.

"뭐, 제대로 처벌받을 거라고는 기대하지 않습니다만."

노형진은 어깨를 으쓱하면서 말했다.

애초에 검사란 조직은 부패의 끝을 달린다. 사법부는 그들과 붙어먹은 조직이고 말이다.

"아시지 않습니까? 그들은 검사나 판사가 강한 처벌을 받는 선례 자체를 남기지 않을 겁니다. 사람을 죽여도 풀어 줄 텐데요, 뭘."

"그건 그렇지. 판사나 검사가 강한 처벌을 받으면 나중에 자기들이 곤란해지니까."

"그렇지요. 그런데 그것 때문에 저를 부른 건 아니실 테고."

노형진을 부른 것은 송정한이었다.

그는 왠지 곤혹스러운 표정으로 노형진을 바라보고 있었다.

"무슨 일이십니까?"

"자네가 이번에 필리핀을 끼워 넣지 않았나?"

"그랬지요. 그런데 그거랑 이번 사건이랑 무슨 관계가 있답니까?"

"아니, 이번 사건과는 관련이 없지. 다만 정치적인 문제 때문에 그래."

"정치적인 문제요?"

노형진은 눈을 찡그렸다. 그리고 송정한에게 단호하게 말했다.

"전에도 말씀드렸다시피 저는 정치적인 부분까지 고려해서 의뢰인의 미래를 결정하지는 않습니다."

그 말에 송정한은 고개를 흔들었다.

"오해는 하지 말게. 정치적인 부분으로 판단해 달라는 게 아니야. 도리어 우리가 부당하게 당하는 상황이거든."

"무슨 말씀이십니까?"

"자네, 주학신 사건 아나?"

"주학신 사건? 알지요. 그거 대한민국에서 한때 난리가 났던 사건 아닙니까?"

"그래. 그런데 그게 어떻게 끝났는지는 모르지?"

"그러고 보니 일이 바빠서 저도 잘 모릅니다만."

주학신 사건.

필리핀에서 사업하던 한 한국인의 사망 사건이었다.

필리핀은 치안이 안 좋고 살인 사건이 워낙 많은 나라다.

특히 사람을 납치해서 돈을 요구하는 사건이 빈발했는데, 주학신 사건도 그중 하나였다.

주학신은 필리핀에서 살던 사업가였는데 괴한들에게 납치당해 살해되었다.

그리고 괴한들은 유가족에게 요구해서 200만 달러를 받아갔다.

'사실 이 정도면 뭐, 흔하게 있는 일이지.'

필리핀이라는 나라의 치안을 생각하면 국제적 문제가 될 만한 일은 아니다. 필리핀의 치안은 개판이니까.

문제는 그 사건을 저지른 범인이 개인 범죄자가 아니라 국가라는 데 있다.

"그거 국가에서 저지른 범죄 아닙니까?"

"엄밀하게 말하면 국가에서 저지른 사건은 아니지. 필리핀 경찰과 필리핀 마약수사국과 필리핀 국가수사국에서 한 일이지만."

"애초에 국가 단체 세 곳이 엮여서 납치 살인을 했는데 그걸 국가 잘못이 아니라고 하면 말도 안 되는 거죠."

정확하게는 그들이 돈을 잘 벌던 주학신을 노리고 저지른 범죄였다.

그들은 납치한 주학신을 바로 죽이고는 화장터에서 화장한 뒤 그 재를 변기에 내려 버리는 천인공노할 짓거리를 저질렀다.

"그래서 그 문제 때문에 말이야."

"왜요?"

"그 주범들 말이야. 모두 풀려났네."

"네?"

노형진은 그 말에 귀를 의심했다.

"잠깐, 그게 무슨 말씀이십니까? 그거 다 끝난 거 아니었습니까? 이미 진술이고 증거고 다 확보된 걸로 알고 있습니다만."

노형진은 어이가 없어서 다시 한번 확인하듯 물을 수밖에 없었다.

하지만 돌아온 대답은 더 가관이었다.

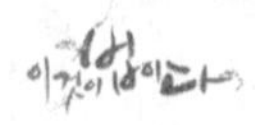

"풀려나기만 한 게 아니야. 모두 복직했다네."

노형진은 그 말에 어이가 없었다.

"아니, 이런 미친 새끼들을 봤나!"

"나라가 오죽 혼란스러웠나?"

사실 그 사건이 터지고 시간이 좀 지나기는 했다.

그사이에 한국에서는 정권도 바뀌고 난리도 아니었다.

"처음에는 필리핀 정부에서 모가지를 따서 보내 준다고 했다면서요?"

"그랬지. 하지만 우리나라가 정신이 없었으니까. 자네도 알다시피 현 필리핀 대통령 두에른이 친중파 아닌가?"

"친중파죠. 그거랑 이번 사건이 무슨 관계입니까?"

"당연한 거지. 이번 사건은 무려 세 곳이 엮여 있네. 그 세 곳 모두 두에른의 정치적 지지 세력이야."

두에른은 강력한 리더십으로 필리핀을 지배하고 있다.

특히 반군과 필리핀 마약상들에 대한 무차별적인 살인을 허락하고 있는데, 그걸 지원하는 세력이 바로 이 경찰과 마약수사국 그리고 국가수사국이다.

"그런데 그들을 처벌하면 반발할 게 두려운 거지."

"미친 새끼. 그렇다고 무죄로 풀어 줘요?"

"그게 문제야. 나도 그걸 알고 항의했는데 너희가 한 짓거리는 어땠느냐고 적반하장으로 나오더군."

"어이가 없군요."

노형진은 눈을 찡그렸다.

물론 검찰에서 알시아에게 죄를 뒤집어씌우려고 한 건 사실이다. 그건 부정할 수 없다.

하지만 그건 노형진이 차단했고, 알시아는 정당방위로 풀려났다.

그에 반해 주학신 사건은 사망자가 이미 발생했고, 가해자는 범죄 조직이 아니라 한 국가의 권력 집단이다.

말로는 개인의 범죄라지만 현실적으로 본다면 이 정도면 국가에서 나서서 범죄를 저지르고 있다고 봐야 한다.

당장 중국만 해도 사형수들의 장기를 가져다 팔고 있는데, 그걸 국가의 범죄라고 하지 개인의 범죄라고는 하지 않으니까.

"그게 그거랑 같답니까?"

"같은 거라고 주장하더군."

송정한은 고개를 절레절레 흔들었다.

그 말을 들은 노형진은 기가 찼다.

"그래서 처벌을 못 하겠다? 그러면 지원을 끊어 버리면 그만 아닙니까?"

필리핀은 가난한 나라다.

인구가 1억이나 되지만 그렇다고 해서 중국처럼 시장이 큰 것도 아니다. 대부분은 가난하고, 대부분은 성장할 수조차 없다.

두에르이 그렇게 범죄자를 족치는 이유가 뭔가? 바로 그들이 성장에 제한을 건다고 생각하기 때문이다.
"그런데 자기가 관리하는 범죄자는 가만둔다고요?"
"중국이랑 똑같은 거야."
말로는 부패한 정치인과 범죄 조직을 없앤다고 하지만 궁극적인 목적은 자기편이 아닌 자들을 쳐 내는 것.
"필리핀의 범죄 수익을 생각하면 이해 못 할 것도 아니지."
"하긴, 이해가 갑니다."
그걸 다 먹으면 어마어마한 수익을 독점할 수 있을 거다.
"그런데 미쳤답니까? 우리랑 한번 대판 하지 않았던가요?"
"새론이랑은 한번 했지, 한국이랑 한 건 아니라네."
노형진은 그 말에 눈을 찡그렸다.
실제로 새론은 과거 필리핀 정부의 셋업 사건을 해결한 적이 있다.
다만 그건 지역 경찰의 범죄였지 이번처럼 국가에서 나서서 돈을 갈취한 사건은 아니었다.
200만 달러라니. 무려 23억이다.
필리핀에서는 절대 적은 돈이 아니다.
"어찌 되었건 필리핀 정부는 그들을 처벌 못 하겠다고 하고 있네."
자신의 강력한 철권통치를 밀어주고 있는 자들이 저지른

범죄인 만큼 묻어 버리겠다는 거다.

"그러면 예정대로 하라고 하시죠. 그 당시에 한국에서 적당한 협박으로 해결한 걸로 알고 있습니다만."

주학신 사건이 터졌을 때 피해자들은 아무것도 하지 않으려고 하는 해당 경찰에게 실망해서 한국 정부에 부탁했다.

물론 부탁했다고 한국 정부가 직접 나선 건 아니다.

사실 처음에는 들은 척도 안 하다가 시위가 일어나고 전국적으로 여론이 들끓자 그제야 필리핀에 비공식적인 채널로 한 소리 한 거다.

처음에는 잘 해결하라고 했지만 필리핀은 한국 정부에 '좆까'를 시전했고, 빡친 한국 정부는 내년부터 필리핀 지원금은 없을 거라고 협박해 버렸다.

필리핀은 가난한 나라라 한국에서 매년 적지 않은 지원금을 받아 가기 때문이다.

당연하게도 돈 때문에 찔끔한 필리핀 정부에서는 바로 조사를 시작했는데, 조사 결과가 바로 그거였다.

국가기관 세 군데가 살인을 하고 돈을 뜯어냈다는 것.

"어이가 없군요."

개인의 범죄?

그래, 어찌어찌해서 개인의 범죄라고 봐줄 수 있다.

국가기관 세 곳이 연계해서 사람을 죽이고 돈을 뜯어내긴 했지만, 한국과 마찬가지로 어딜 가나 부패한 놈들은 있기 마련이니까.

하지만 그들을 처벌하지 않는다는 결정을 내린 그 순간부터 그 범죄는 국가의 승인을 받은 거다.

그걸 법적으로 사후승인이라고 한다.

그런데 그렇게 한번 사후승인을 받은 새끼들이 과연 똑같은 범죄를 또 저지르지 않을까?

“실제로도 필리핀에 잡혀 있는 한국 교민들이 제법 많아. 다만 감옥에 갔을 뿐이지. 이번에는 죽지 않았네만.”

“그냥 돈 많은 글로벌 호구다 이거군요.”

노형진은 대한민국이 당하는 꼴을 보고 혀를 끌끌 찼다.

“그래서 한국 정부에서는 뭐랍니까?”

“아무 말 안 하더군.”

“뭐라고요?”

“다른 나라의 사법 시스템에 개입하는 건 명백한 주권 침해라고.”

“지랄하고 자빠졌네요.”

노형진은 고개를 흔들었다.

“알겠습니다. 제가 대통령과 한번 만나 보죠.”

“미안하지만 안 되네.”

"네?"

노형진은 귀를 의심했다.

"필리핀은 우리의 주요 우방국 중 하나야."

"우방국이 아니라 교역국입니다. 현재 필리핀은 친중 성향을 가지고 있습니다만?"

"그렇다고 해서 우리와 소통하는 현실이 부정되지는 않지."

노형진은 그 말에 어이가 없었다.

"그래서 처벌을 요구하지 않겠다고요?"

"하지 않는 게 아니라 하지 못하는 게 정상이야. 그건 그 나라의 문제야."

"한국 사람을 필리핀 정부 기관이 죽인 것입니다만?"

노형진은 다그치듯이 물었다.

그러자 그런 노형진의 말에 박기훈은 단호하게 말했다.

"알고 있네. 하지만 그렇다고 해서 우리가 그걸 어떻게 할 수는 없어."

"애초에 처벌하기로 해 놓고 하지 않은 건 저쪽입니다."

노형진은 눈을 찡그리면서 말했다.

죄가 입증되지 않은 것도 아니고 자기 입으로 자기 죄를 인정했다. 그런데 봐준다니? 그게 말이나 된단 말인가?

"하지만 그럴 수는 없네."

"애초에 정부에서 그걸 제대로 해결하지 않으면 지원금을 안 주겠다고 했던 사건입니다."

"그건 전 정권의 문제지 이번 정권의 문제가 아니야. 그리고 말이야, 이미 죽은 사람이 아닌가?"

노형진은 그 순간 왠지 쓴웃음이 올라왔다.

그리고 그런 박기훈에게 말했다.

"바뀌셨네요."

"뭐가 말인가?"

"갓 대통령이 되었을 때 저한테 그러셨지요, 아무리 저라 해도, 제가 국민들에게 피해를 준다면 조지겠다고."

"그랬지."

"그런데 지금은 사람이 죽었어도 이미 죽었으니 의미가 없다고 하시는군요."

노형진의 말에 그는 쓰게 웃었다.

"현실이라는 게 그렇더군. 정치라는 건 더 그렇고. 대통령의 자리에 앉으니 현실적 판단을 하지 않을 수가 없네."

사실 정치인으로서는 맞는 판단을 한 건지도 모른다.

하지만 그건 어디까지나 정치인들의 이야기.

"저는 그렇게 생각하지 않습니다."

"뭐라고?"

"정치라는 게 이상만 바랄 수는 없다는 거, 압니다. 하지만 자기가 불편하다고 국민의 보호를 포기하는 순간 그건 정치가 아니라 자기 욕심일 뿐입니다."

"자네가 정치를 못 해 봐서 그래."

박기훈은 변명하듯 말했지만 노형진은 단호하게 말했다.

"못 하는 게 아닙니다. 안 하는 거지."

노형진은 그렇게 말하면서 품에서 뭔가를 꺼내 건넸다.

그걸 받아 든 박기훈의 얼굴은 딱딱하게 굳었다.

거기에는 '사임장'이라고 쓰여 있었다.

"지금 자네, 자문 위원을 그만두겠다고 하는 건가?"

"이제 대통령님과 저는 각자 다른 길을 가야 할 것 같습니다."

"필리핀과 전쟁이라도 하자는 거야, 뭐야!"

노형진은 단호하게 말했다.

"필요하다면 해야지요. 그놈의 정치적 논리 운운하면서 설레발치는 게 아니라요."

조용히 해결할 방법이 없는 게 아니다.

지난번처럼 '너희들, 해결한다면서 왜 안 하냐? 지원금 끊겠다.'라고 하면 그쪽에서 처벌을 안 할까? 그럴 리가.

재판도 없이 길바닥에서 총살이 벌어지는 게 필리핀이다.

3년 형짜리 재판을 받기 위해 감옥에서 5년을 기다려야 하는 게 바로 필리핀의 현실이다.

압력을 행사하는 게 불가능한 게 아니다.

"하지만 지금 대통령님께서는 자신의 이상을 위해 국민을 버렸습니다."

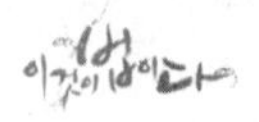

"나는 국민을 버린 게 아니라……."
"최소한 제게는 그렇게 보입니다."
그 말에 박기훈은 아무런 말도 못 했다.
이런 경우에 전임 대통령이었던 홍안수는 강하게 나가기라도 했지만, 박기훈은 정치적인 결단을 우선시했다.
"그리고 그 길은 제가 갈 길은 아니죠."
"그래서 그만두겠다고?"
"최소한 이 일이 끝날 때까지는 쉬겠습니다."
즉, 필요하다면 혼자서라도 필리핀과 전쟁하겠다는 의미였다.
"으음……."
사임장을 받아 든 박기훈은 아무런 말도 못 했다.
역시나 필리핀에 손대기 싫다는 소리다.
"그러면 나중에 뵙도록 하죠."
노형진은 밖으로 나오면서 조용히 중얼거렸다.
"자, 이제 이걸 어떻게 해결한다?"

⚖

필리핀이라는 나라는 가난하다.
하지만 노형진은 필리핀을 무시하지 않는다.
가난하다는 건 성장의 가능성이 있다는 것을 뜻하기 때문이다.

그러나 필리핀의 한계가 명확한 것은 부정할 수 없었다.

"필리핀이라……. 한국 정부에서 대응하지 않으려고 하니 방법이 없을 것 같은데. 어떻게 생각하나?"

김성식은 진중한 얼굴로 말했다.

모든 사건이 다 중요하지만 이런 사건은 더더욱 중요하다.

왜냐하면 이런 사건은, 해결을 못 하면 같은 범죄가 끊임없이 벌어지기 때문이다.

농담이 아니라 실제로 그렇다.

저항하지 않는 것이 확실한 피해자만큼 범죄자들에게 만만한 대상은 없으니까.

"대통령이라는 작자가 왜 국가에서 인질범들과 협상을 하지 않으려 하는지 모르는 모양이군."

"그러니까요."

실제로 셋업 범죄는 새론에서 한번 조진 후로 많이 사라졌었다.

하지만 정부에서 지속적으로 감시하지 않다 보니 다시 기승을 부리기 시작한 상황.

"이번에 우리 목적은 그들의 목숨입니다."

노형진은 진지한 목소리로 말했다.

"이 부분에 대해 확실하게 알고 접근하셔야 합니다."

노형진이 확고하게 말하자, 옆에서 듣고 있던 무태식이 어리둥절해서 물었다.

"처벌이 아니라요?"

"이미 처벌은 불가능합니다. 저쪽은 이미 무죄로 풀려났어요. 법적으로 무죄를 받은 이상 다시 한번 처벌받는 것은 불가능합니다."

일사부재리의 원칙. 이건 형법의 기본이다.

아무리 뇌물이 빈번한 필리핀이라고 해도 이 대원칙을 무시할 수는 없다.

"물론 우리가 공격을 시작하면 어떤 식으로든 다른 쪽으로 처벌하고 끝내려고 할 수 있겠지요. 하지만 그렇게 된다면 이쪽의 요구가 사실상 관철되지 않은 것이나 마찬가지입니다."

고작 2~3년 형 살아 봐야 사람을 그렇게 잔혹하게 죽인 것에 대한 처벌로는 약하고, 현실적으로 한국의 사람들이 그 정도로 만족할 리가 없다.

"그리고 그들은 두에른의 가장 강력한 지지 세력입니다. 그러니 현실적으로 본다면 우리가 신경을 끄는 순간 다시 대통령이 사면해 줄 가능성이 큽니다."

그렇다고 단순 뇌물 같은 걸로 오래 잡아 둘 수는 없다. 애초에 그런 게 통할 놈들도 아니고.

"결과적으로 두에른이 직접 그들을 죽이게 만들어야 합니다. 사고로 처리하든 마약쟁이를 만들든 말이지요."

그 말에 다들 얼굴이 굳었다.

사람을 죽여야 한다는 가정으로 시작한 회의는 처음이니까.

"꼭 그래야 하나? 자네는 사람 죽이는 거 별로 안 좋아하지 않나?"

조용히 듣고 있던 송정한이 걱정스럽게 물었다.

이제는 새론의 변호사가 아닌 국회의원이지만 그래도 자신이 의뢰한 사건인 만큼 참여하기로 한 것이다.

"안 좋아하죠. 하지만 그래서 더더욱 해야 합니다. 이미 필리핀은 우리를 한번 배신했습니다. 그리고 배신을 막는 가장 확실한 방법은 바로 공포입니다."

노형진은 단호했다.

어설프게 그들을 용서해 줘 봐야 바뀌는 건 없다.

"아시겠지만 우리는 한번 셋업 범죄와 싸웠습니다. 그리고 그때는 지역 경찰 선에서 끝났지요. 하지만 이건 국가가 직접 나서서 사후승인을 한 셈입니다. 이번 사건에서 우리가 물러나면 더 많은 한국 국민들이 국가 단위의 셋업 범죄에 노출될 겁니다."

"그런데 말이야, 자네가 진짜 힘쓰기 시작하면 필리핀은 망할 텐데?"

노형진은 그 말에 당연하다는 듯 말했다.

"필요하다면 망하게 하는 것도 방법이죠."

"진심입니까?"

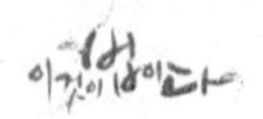

무태식은 기겁했다.

그러나 노형진은 이미 마음을 독하게 먹었다.

"진심입니다. 어차피 필리핀은 한국과 거리를 두기 시작한 상황입니다. 우리와는 상관없지요."

필리핀의 두에른은 확고한 친중파다. 그는 한국을 까지 못해서 안달이 나 있는 상황.

"물론 진짜로 망하게 하지는 않을 겁니다. 하지만 확실하게, 한국을 건드리면 좆 된다는 걸 보여 줘야 할 겁니다."

노형진의 말에 다들 고민했지만 그렇다고 해서 자리에서 일어나지는 않았다.

그도 그럴 게, 지금 필리핀의 반한국 정서는 심각함을 넘어서 혐오 수준이니까.

'나중에 있었던 사태도 그렇고.'

원래 역사에서, 필리핀에서 코델09바이러스 감염의 우려가 있다면서 한국 사람들을 강제로 수용하는 일이 있었다.

사실 한국도 다른 나라에서 들어오는 모든 인원의 2주 격리를 의무화하고 있기 때문에 그걸로 뭐라고 할 수는 없었다.

문제는 그 격리된 사람에 대한 처우다.

한국은 격리된 사람을 호텔이나 정부에서 준비한 격리 시설에서 지내게 했는데, 만일 그 사람이 이슬람 신자라면 할랄 푸드 등도 준비해 주었다.

하지만 필리핀은 한국인 입국자들을 물도 전기도 통하지

않는 창고에 가둬 버렸다.

정확하게는 한국인에게만 그랬다.

한국이 국제적 분쟁을 원치 않아 조용히 있으니까 뭔 짓을 해도 저항 못 하는 병신으로 인식한 거다.

"힘에는 책임이 따릅니다. 하지만 그 힘을 두려워하는 것과 그 힘으로 남을 괴롭히지 않는 것은 전혀 다르죠."

한국은 국제적으로 힘이 있는 나라다. 그럼에도 불구하고 찍소리도 못 하고 약소국에까지 끌려다닌다.

"한국은 힘을 안 쓰는 게 예의라고 하죠. 하지면 그게 얼마나 병신 같은 짓인지 다들 아시지 않습니까? 정작 힘써야 하는 대상에게는 안 쓰면서 힘써서는 안 되는 사람에게는 쓰죠."

가난하거나 힘없는 사람들에게 갑질하는 행위는 제대로 처벌하지도 않으면서, 정작 고쳐야 하는 사람에게는 인권이니 뭐니 하면서 제대로 저항도 안 한다.

"그러니까 한국이 글로벌 호구가 되는 겁니다."

그리고 노형진은 그렇게 하도록 놔둘 생각이 없었다.

"하지만 문제는, 그렇다고 해서 필리핀을 대상으로 싸우는 건 말이 안 된다는 거네. 자네가 전쟁할 것도 아니지 않나?"

"아, 물론 전쟁은 안 할 겁니다. 하지만 싸움은 붙일 겁니다."

"싸움을 붙인다니?"

"송 의원님이 다음 대통령이 되셔야 하지 않습니까?"

"내가?"

"네. 사실 현 대통령에 대해 국민들의 불만이 많은 건 사실입니다. 안 그런가요?"

"그건 그렇지."

분명 현 대통령인 박기훈은 좋은 대통령이다. 하지만 국민들이 원하는 대통령과는 거리가 있다.

물론 국민들이 원해서 뽑은 것은 사실이다.

하지만 그는 사람들의 기대와는 다르게 협치를 우선시했다.

당선되기 전에는 세력이 없을 정도로 소신파에 개혁 주의자였으나 시간이 흐르면서 성향이 바뀐 것이다.

"그런데 사람들이 원한 건 협치가 아니라 보복이었거든요."

지난번 대통령인 홍안수가 저지른 일에 대한 복수.

그리고 그가 일으킨 쿠데타에 대한 복수.

대한민국을 전복하려고 했던 기득권층에 대한 복수.

"하지만 현실은 그게 아니죠. 사실 그게 비정상적인 상황이고요."

쿠데타라는 건 극단적 정치 행위다. 권력을 잡기 위해 국가를 전복하려 한 상황이었으니까.

"그리고 대한민국은 모든 국민들의 기본적인 존재입니다. 대한민국이 없으면 국민도 없는 법이니까요."

아무리 정치 문제로 싸워도, 지역끼리 나이끼리 성별끼리 나뉘어서 싸워도 대한민국이 망하기를 원하는 국민은 없다.

싸울 수 있는 것도 결국 이 나라가 자유민주주의 국가이기 때문에 가능한 거지, 그게 불가능한 나라에서 그러면 바로 끌려가서 모가지가 날아갈 테니까.

"그리고 그건 개혁의 기회였죠."

박기훈은 그 개혁의 기회를 일종의 신념을 가지고 대응했다.

물론 사람이 신념을 가지는 건 좋은 일이다.

하지만 신념에 맞지 않는다고 고쳐야 할 것을 고치지 않는 건 문제가 된다.

"당장 박기훈이 그런 실수를 한 거죠."

상식적으로 쿠데타 세력을 일소하겠다고 나섰다면 그 당시 홍안수를 비롯한 쿠데타 세력이 지금 자리를 지킬 수 있을까?

아니다.

하지만 박기훈은 신념을 지키기 위해, 딱 당사자들만 처벌했다.

쿠데타를 일으켰던 장군과 대통령 등등 말이다.

정작 그 아래에 있던 장령급은 처벌하지 않았다.

"그가 잊어버린 건 국민들의 절반이 군을 다녀왔다는 겁니다."

명령 때문에 어쩔 수 없다?

그건 개소리라는 걸, 군대에 갔다 온 이들은 모두 안다는 것을 그는 잊어버린 거다.

명령에 복종한다는 장령급은 정작 국방부 장관의 명령에는 복종하지 않는다.

군 내부의 부조리를 없애라고 한 지 수십 년이 지났지만 아직도 없어지지 않았고, 장병들을 군대에서 노예 취급하지 말라고 한 것도 고쳐지지 않았다.

수통을 바꾸라고 충분한 수량을 제공했지만 그들은 말로는 치장 물자라는 이유로 2차대전 당시의 물통을 아직도 쓰게 하고 있다.

나중에 불출을 하지 않으면 명령 불복종으로 처벌한다고 하니까 그제야 다급하게 불출하지 않았던가?

"그런 놈들이 무슨 명령에 어쩔 수 없이 했답니까?"

그들은 그냥 여기에 있으면 좀 더 권력을 쥘 수 있으니까, 국가가 전복되면 자신들이 신귀족이 되니까 참여한 거다.

그런데 그걸 명령에 복종했다는 헛소리를 믿고 봐준다는 건 말이 안 된다.

"물론 개인의 신념을 지키는 게 나쁜 건 아닙니다. 하지만 그는 그걸 위해 사람의 목숨을 외면했죠."

국민을 지키기 위해 뭐든 한다던 사람이, 해외에서 사람이 납치되어 살해된 문제에 대해서는 이제 와서 죽은 사람이니

어쩔 수 없단다.

"저는 그 이중성이 싫은 거고요."

"흠, 무슨 뜻인지는 알겠네. 그러면 내가 그 사람의 대항마로 나서란 소리군."

"맞습니다."

차기 대통령으로 송정한을 밀어주기 위해 노형진은 자문 위원까지 그만두고 나온 거다.

사실 자문 위원은 노형진이 굳이 할 필요가 없는 일이었다. 돈이 되지도 않고, 명예직이라고 하기에도 애매하니까.

그럼에도 노형진이 그걸 맡은 이유는 국민들에게 좋은 미래를 주기 위해서였다.

그런데 대통령인 박기훈이 국민을 포기해 버렸으니 노형진이 굳이 그와 함께할 이유가 없어진 것이다.

"그러니 송 의원님을 대통령으로 만들기 위해, 그리고 국민을 보호하기 위해 싸워야 한다면 제대로 해 봐야지요."

"으음……."

그 말에 송정한은 신음을 냈다.

하긴, 그도 한계를 느끼고 있었다.

세상을 좀 더 좋게 바꾸기 위해 똥통 중에 똥통이라는 국회로 들어왔지만, 똥통에 깨끗한 물 한 바가지 붓는다고 해서 바뀌는 건 아니니까.

정화조는 매년 청소해야 하지만 국회라는 똥통은 청소라

는 것 자체가 불가능한 형태로 되어 있었다.

"그래, 자네 마음은 알겠네. 그런데 대체 어떻게 하려고? 지난번처럼 필리핀 반군을 밀어준다거나 하는 그런 소리를 할 건가?"

"그건 무리죠."

그때는 뻥카였고 실제로 밀어주지도 않았다.

그리고 현재 필리핀은 그때와 다르다. 두에른의 지도하에 강력한 무력을 휘두르고 있다.

물론 그때에 비해 전투 능력이 갑자기 늘어난 건 아니다.

하지만 그때는 반군을 소탕하기 위해 민간인에게 피해를 줘서는 안 된다는 개념으로 움직였다면, 지금은 반군을 소탕한다는 대의하에서라면 억울한 주민이 좀 희생되어도 어쩔 수 없다는 말이 통용된다.

당장 필리핀에서 마약상에 대한 사살령 때문에 그 반대급부로 사고가 계속 벌어지고 있다.

일단 마음에 안 들면 쏴 죽이고 '마약 사범이었습니다.'라고 하면 그만인 상태이니까.

실제로 도망가면 일단 쏴 죽이고 슬쩍 주머니에 마약 한 봉 넣어 두면 모든 게 끝난다.

"두에른은 전 세계에서 공격받는 처지입니다. 그래서 중국 편에 붙은 거죠."

중국은 자기편만 들어 준다면 학살을 하든 뭘 하든 신경 쓰지 않는 나라니까.

"그리고 애초에 이 사건은 한국에서부터 시작된 거니까 그건 나중 문제입니다."

"나중 문제라고?"

"이 문제를 공개적으로 언급할 겁니다."

"이 문제를? 어째서지?"

노형진의 말에 송정한은 고개를 갸웃했다.

이해가 가지 않았으니까.

"단순히 언급하는 게 아닙니다. 이걸 전국적인 규모로 몰아붙일 겁니다."

"뭐? 어떻게?"

"지금 자유신민당은 상당히 불리한 상황입니다. 아시다시피 박기훈은 능력이 없는 사람이 아니니까요."

특히나 노형진이 화폐 디자인 도안을 바꾼 다음부터 수십 년간 쌓아 둔 비자금을 환전하는 데 한계가 오면서 쩔쩔매고 있는 상황이다.

"뭐 하나만 흠집 잡으면 어떻게 해서든 뜯어먹으려고 할 겁니다. 더군다나 홍안수는 자유신민당 소속이었고요."

"으음……."

"홍안수는 쿠데타를 일으킨 반역자이지만, 그렇다고 해서 역사에서 지워 버릴 수도 없습니다."

솔직히 자유신민당 입장에서는 지워 버리고 싶은 존재다.

그도 그럴 게, 그 때문에 코너로 제대로 몰렸는데 정작 그 쿠데타에 동조한 건 자유신민당 내부에서도 극히 일부에 지나지 않았기 때문이다.

"그러니까 어떻게 해서든 사람들에게서 쿠데타의 기억을 희석시켜야 합니다."

"하지만 그게 가능하겠나? 지금 시간이 얼마나 지났다고."

"거의 안 지났죠. 그럴 때는 그 사람이 잘한 걸 밀어주면 됩니다."

"잘한 거?"

"네, 잘한 거요."

"잘한 게 뭐가 있는데?"

"필리핀에 압력을 가해서 국민의 억울함을 풀어 주려고 했지요."

설사 그게 국제사회의 규칙을 잘 몰라서 한 것일지라도, 그리고 국민이 귀찮게 해서 한 것일지라도 결과적으로는 필리핀에 강한 압박을 가해서 그들을 굴복시킨 전례가 있다.

"최소한 외교는 잘했다는 일종의 실드를 펼치게 만들어 주는 겁니다."

"하지만 그게 가능하겠나?"

노형진은 그 말에 씩 하고 웃었다.

"가능하게 해야지요."

⚖

얼마 후 인터넷에서는 어마어마한 숫자의 글이 퍼지기 시작했다.

필리핀 정부가 한국인을 죽이고 배 째라며 범인들을 보호하고 있는데, 대한민국 정부는 입 닫치고 필리핀 눈치만 보면서 그들의 주머니를 채워 주고 있다고.

사실 틀린 말은 아니다.

그도 그럴 게 그 당시의 압박 수단이 만일 처벌하지 않으면 지원금을 주지 않겠다는 거였고, 실제로 필리핀 정부가 그에 굴복해서 처벌 약속이 이루어졌었으니까.

그리고 그게 정권이 바뀌면서 결국 흐지부지된 거다.

그런데 그 사실을 다른 사람도 아닌 같은 민주수호당 소속인 송정한이 언급하자 사람들은 상당히 혼란스러워했다.

"그러니까 우리 국민을 죽인 학살범에게 매년 어마어마한 지원금을 제공하고 있었다 이거군요."

"아니, 매년 지원금을 준 건 사실이지만 그래도 학살범은 아닙니다."

송정한은 강하게 밀어붙이기 시작했고, 정부 입장에서는 곤혹스러울 수밖에 없었다.

"그러니까 경찰과 국가수사국과 마약수사국 세 곳이 연관되었는데, 그리고 필리핀 정부에서 처벌하지 않고 버티고 있는데 그게 결코 국가가 나선 게 아니다?"

송정한은 어이가 없다는 표정으로 따지듯 물었다.

그러자 상대방은 곤혹스러운 표정이 될 수밖에 없었다.

그도 그럴 게, 그 뒤에는 카메라를 든 기자들이 달려와서 붙어 있었으니까.

국회의원이 작심하고 기자들을 달고 왔다는 건 사실상 끝장을 보자는 소리나 마찬가지.

"아니, 그게 아니라, 그 사람들 개인의 범죄행위라는 소리입니다."

"그래서 그걸 처벌하겠다고 약속받았고?"

"……."

"그런데 처벌은 안 했고?"

"……."

"이봐요, 김 장관. 장난합니까? 언제부터 대한민국 외교부가 다른 나라를 변명해 주는 기관이 된 겁니까? 외교부가 아니라 왜교부라고 욕먹더니 이제는 아예 필리핀부까지 하시려고요?"

대한민국의 사람들도 자존심이 약한 건 아니다. 다만 저쪽에서 건드려도 애써 참는 것뿐이다.

상식이 있어서 국제적으로 사이가 안 좋을 수도 있고, 종종 말이 바뀔 수도 있다는 건 안다.

하지만 국가가 국민을 내팽개치는 것에 대해 동의한 적은 없다.

“그 당시에 분명 대한민국 정부에서 그랬지요, 이 문제를 해결하지 않으면 국가 지원금을 안 준다고? 그런데 이게 뭡니까? 국민을 납치해서 살인하고 돈을 뜯어 가고, 시신이라도 돌려보냈으면 또 몰라 아예 소각해서 똥통에 버렸어요! 똥통에!”

송정한은 화를 버럭버럭 냈다.

“그런데 그런 살인마들이 일하고 있는 정부에 매년 어마어마한 지원금을 준다? 지금 미친 겁니까?”

“국제 관계라는 게…….”

“국제 관계라는 게 국민들은 내다 버리고 하하 호호 하면 되는 거였나요? 씨팔, 그러면 과거에 당신들이 한 짓거리랑 뭐가 달라!”

이제는 아예 반말을 하는 송정한.

화가 나서 대꾸하려고 하던 김우조 외교부 장관은 다음 순간 말문이 막혔다.

“외교하라고 뽑아서 보냈더니 구해 달라며 한국인 포로가 건 전화를 알아서 살라며 끊어 버리질 않나, 현지 직원을 강간하질 않나, 파티 하느라고 정신없어서 도움을 요청하는 현지 국민들의 전화를 끊어 버리질 않나. 일본만 물고 빨고, 당신들이 한 게 뭐야!”

“무슨 말을 그렇게 합니까?”

김우조는 발끈했다.

사실 이 모든 게 노형진이 노린 바였다.

물론 외교관들은 이런 식으로 쉽게 발끈하지 않는다.

하지만 한국은 외교관의 수장인 외교부 장관이 낙하산으로 들어간다.

전 정권에서는 경찰서장이 외교관으로 나갈 정도로 외교가 개판이었다.

그건 현 정부도 마찬가지.

당연히 외교 경험이 없었던 그는 흔들릴 수밖에 없었다.

"아니라고? 어? 지금 장난해? 외교관이라는 타이틀을 걸고? 당신들이 하는 게 뭔데? 아! 그 장애인 학교 애들을 병신이라고 괴롭히는 거?"

송정한이 언급한 사건은 외교관협회라는 곳에서 건물 내에 있던 장애인 보호시설을 쫓아내기 위해 수작질을 부린 일을 말한다.

그 건물 내에는 장애인 보호시설이 있었는데, 외교관 건물에 장애인 보호시설이 있는 게 창피하다는 이유로 계약 기간이 끝나지 않았음에도 불구하고 쫓아내기 위해 혈안이 되었다.

"그래, 그건 참 잘하더라. 잘하는 게 국민 조지는 것밖에 없지. 그런 점에서는 이해가 가기는 하네. 국민을 조져 주는 필리핀 범죄자들이 참으로 고맙겠어."

그 당시 외교관이라는 작자들이 장애인들이 엘리베이터를

쓰지 못하게 하려고 잠가 두거나 경비원을 배치하고, 못 들어오게 하려고 입구를 막기도 했다.

나중에 언론에서 그걸 알고 달려들었지만 그들은 어디서 개돼지들이 떠드느냐며 비웃음을 날렸고, 실제로 법원에서 하지 말라고 명령이 떨어졌음에도 불구하고 그런 행동을 멈추지 않았다.

그들은 자신들이 대한민국의 법원과 헌법 그리고 국민 위에 있다고 생각하는 것이다.

"당신들, 비싼 술 처먹고 여자 끼고 흥청망청 놀면서 국민들 보호는 개 좆으로 보지?"

"당신, 말을 너무 심하게 하는 거 아닙니까?"

"너무하다고? 씨팔, 국민을 내팽개치는 사람이 할 말은 아니지! 그때 분명 그랬잖아, 그 문제를 제대로 해결하지 않으면 지원금을 끊는다고. 그런데 그 지원금을 살인마 새끼들한테 꼬박꼬박 처주고 있어? 그 새끼들한테 돈이라도 받아 처먹은 거야?"

발끈한 송정한의 말에 김우조는 기가 막혔다.

하지만 그렇다고 부정할 수는 없었다. 실제로 있는 일이니까.

물론 외교의 업무 대부분이 기밀로 유지된다는 점 때문에 불리한 부분이 있지만, 실제로도 대한민국 외교부의 실력은 들쑥날쑥한 편이다.

그나마 제대로 된 사람이 리더로 들어오면 수많은 정치적 승리를 일궈 내지만, 그렇지 못한 경우에는 말 그대로 낙하산들이 자리를 차지해서 외교관 공관이 업무의 장소가 아닌, 술이나 처먹는 파티 장소가 되어 버린다.

실제로 저 외교관협회라는 곳에서 설레발치는 놈들도 제대로 된 외교관이라기보다는 파티 하다가 와서 목에 힘주고 '내가 누군 줄 알고'를 시전하는 놈들이다.

오죽하면 해외의 한국인들이 정 다급하면 한국 대사관이 아닌 일본 대사관으로 가라고 하거나 현지 새론 분점이나 제휴 로펌에 먼저 전화하라고 말할 정도다.

아니, 아예 외교부 공관에 도움을 요청하는 전화를 하면 거기서 새론의 지점 전화번호를 안내하는 상황.

'그리고 외교부는 그런 상황에 자존심이 엄청 상해 있다고 했던가?'

자기들이 제대로 일하려고 해도 쉽지가 않다. 일단 일해 본 사람 자체가 없으니까.

국가 간의 협상 같은 건 능력 좋은 사람을 데려가면 어떻게 해서든 되겠지만, 그게 아니라 그들에게 부족한 건 대민 지원 서비스다.

나름 3대 고시인 외무 고시를 합격한 인간들의 머릿속에는 내가 왜 아무것도 모르는 무지렁이들에게 고개를 숙여야 하느냐는 생각이 박혀 있다.

물론 그 안에서 일을 잘하는 사람도 있다. 하지만 선민의식을 가진 사람들 사이에서 정상인 사람은 버틸 수가 없다.

당연하게도 대국민 서비스를 해 본 적이 없어서 개판으로 하던 그들은, 새론에서 대국민 해외 서비스를 지원하자 새론 때문에 자기들이 욕먹는다고 생각했다.

그래서 그들이 가장 싫어하는 곳이 바로 새론이었다.

그리고 그걸 만든 새론의 전 대표였던 송정한은 그 부분을 자극했다.

"내가! 왜 전 세계를 뛰면서 새론 해외 지부를 만들고 제휴 로펌을 만들고 그 난리를 친 줄 알아! 당신들이 하도 일을 개떡으로 하니까 우리나라 국민을 지키기 위해서야! 지랄맞고 힘들어도 우리나라! 우리 국민! 지키겠다고 나는 죽어라 뛰어다녔는데, 당신들은 뭐야? 어? 파티 한다고 국가 예산은 닥치는 대로 까먹으면서 일 제대로 하는 게 뭔데?"

외교부의 약점을 건들기 시작하자 김우조는 당혹해하면서도 동시에 화가 났다.

"아니, 그건 전 대통령 때의 일이지 않습니까!"

"전 대통령이고 현 대통령이고, 국가 간의 일이 그렇게 쉽나? 정권이 바뀌면 그냥 싹 무시해도 될 만큼? 응? 그냥 전 정권 때 일이니까 없던 일이 되는 거야?"

"그건……."

당연히 아니다.

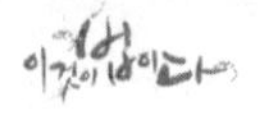

외교의 전쟁터에서 가장 중요한 것은 바로 믿음이다.

중국이 전 세계에서 고립되어 가는 것은 믿음을 주지 못해서다.

자기가 불리한 건 모른 척하고 자기가 유리한 건 근본도 없이 내놓으라고 땡깡을 부리니까.

물론 은밀하게 했다곤 해도, 결국 대한민국과 필리핀은 서로 범죄자를 처벌하겠다고 약속을 했다.

"그런데 뒤통수를 맞고도 그대로 입 닥치고 있는다고? 그게 호구지 뭐야."

송정한의 말에 김우조는 할 말이 없었다.

실제로 상대방이 약속을 지키지 않으면 사과를 요구하든 항의하든 해야 한다.

그러나 이번 정권에서는 필리핀과의 관계를 망칠 수 없다며 해당 사건의 해결을 외면했다.

곤란스러워하는 김우조를 보며 송정한은 쐐기를 박았다.

"쿠데타를 저지른 홍안수도 최소한 자기 국민은 지켰다. 자기 국민도 못 지킨다면서 무슨 올바름을 이야기해! 안 그래?"

홍안수의 안 좋은 이미지를 없애고 싶었던 자유신민당에 주는 일종의 기회였다.

그러자 다음 날부터 자유신민당은 신나게 현 정권과 박기훈 대통령을 씹었다.

—홍안수는 분명 큰 잘못을 했습니다. 하지만 그렇다고 해서 그가 국민을 버린 건 아닙니다. 최소한 그는 이런 문제가 생겼을 때 필리핀에 강하게 항의해서 국민을 지키려고 했습니다.

—국민을 지키려고도 하지 않는 나라가 무슨 의미가 있죠? 이거 완전 빨갱이 아닙니까?

—필리핀에서 셋업 범죄로 죽어 나가는 사람이 한둘이 아닙니다. 이제는 국가에서 나서서 셋업 범죄를 저지르고 국민들을 살해하고 있는데 그걸 방치해요? 그게 대통령입니까?

그동안 밀리던 자유신민당이 신나게 씹어 대자 자유신민당과 함께하던 언론 역시 신나게 현 정권을 씹어 대기 시작했다.

"좀 속이 쓰리군."

"자유신민당이 나서서 말입니까?"

"그래. 솔직히 자유신민당이 잘한 것도 없지 않나? 말이 홍안수가 지켰다는 거지, 원해서 그런 것도 아니었고."

그 당시 여론에서 이슈를 타서 항의한 것뿐이지 홍안수가 정말 신념이 있어서 항의한 게 아니다.

"압니다. 하지만 그렇다고 해서 필리핀에 항의한 사실이 사라지는 건 아니니까요."

"그건 그렇기는 하지만……. 이거 참, 복잡스럽군."

"그래서 민주수호당에서는 뭐랍니까?"

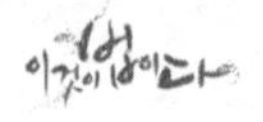

"뭐, 일부는 내 말이 맞다고 하고, 일부는 너무한 거 아니냐고 하고."

"슬슬 파벌이 생겨날 때니까요."

아직 상당한 시간이 남아 있지만 사실 대통령 선거는 이제 슬슬 시작할 시점이다.

출마자들이 가려지고 각자 파벌을 만들고 그들이 세력을 확장하고. 선거는 한순간이지만 전쟁은 오래전부터 이루어지니까.

"송 의원님이 현 정권과 선을 긋는 걸 보면서 아마도 슬슬 선거 준비를 해야 한다고 생각했을 겁니다."

현 정권에 줄을 서서 그 지원을 받을 것이냐, 아니면 송정한 뒤에 서서 새로운 권력을 가질 것이냐.

"아마 국회의원들은 머릿속이 복잡할 겁니다."

당연한 거다.

사실 송정한이 4선 의원도 아닌데 대선 출마는 이르다는 말이 있다. 더군다나 비례대표로 당선된 국회의원 아닌가?

"하지만 국회의원들은 바보가 아니니까요."

노형진이 정부의 자문 위원을 그만뒀다는 소식을 이미 들었을 테니 자연스럽게 송정한 뒤에 노형진과 마이스터 그리고 미다스가 있다고 생각하고 있을 거다.

"그러니 혼란스럽겠죠."

"일부 의원들은 날 욕하더군, 그러다가 정권을 빼앗기고 싶냐고."

노형진은 그 말에 코웃음 쳤다.

"국민을 무슨 병신으로 아나 보군요."

홍안수는 쿠데타를 일으켰다.

자유신민당을 지지하는 사람들은 그걸 기억하고 싶지 않겠지만, 다른 사람들은 다 기억한다.

한 20년쯤 지나면 모를까, 어떻게 쿠데타를 일으켜서 서울을 점거하고 한국에서 전쟁을 일으키려고 했던 놈을 잊을까?

"애초에 그들을 지지하는 세력은 뭘 해도 지지합니다. 통째로 나라를 중국에 가져다 바친다고 사인한다고 해도 지지할걸요."

"그렇겠지."

그걸 알기에 송정한은 도박을 걸어 본 것이다.

사람들은 아직 개혁을 원하고 있지만 솔직히 현 정권은 여전히 기득권과의 연을 끊지 못하고 그들의 눈치를 보느라고 제대로 된 개혁은 해내지 못했다.

당장 민주수호당 내부도 개혁을 거부하는 기득권층으로 가득하니까.

"어찌 되었건 현 상황에서 남은 건 필리핀의 태도입니다."

"필리핀의 태도?"

"네. 그들이 바보도 아닌데 대한민국에서 이런 난리가 난 걸 모를까요?"

당연히 알 것이다. 모를 수가 없다.

“이제 어떻게 행동하는지에 따라 우리가 나아갈 방향이 정해질 겁니다.”

아차 싶어서 지금이라도 어떻게 해서든 처벌한다면 굳이 일을 키울 필요는 없다.

박기훈의 말처럼 굳이 다른 나라의 내정에 간섭할 이유는 없으니까.

하지만 그들이 철저하게 무시한다면?

“그때는 제가 본격적으로 힘써야지요.”

노형진은 느긋하게 말했다.

권주가 싫다면 벌주다!

노형진은 솔직히 필리핀이 이쯤에서 범죄자들을 처벌해서 보낼 거라 생각했다.

하지만 필리핀은 그들을 처벌하지 않았다.

아니, 더 황당한 짓거리로 신경을 긁어 버렸다.

"사건 관련자가 승진했다고요?"

"그래, 그 당시에 차량을 제공했던 경찰서장이 이번에 승진했더군."

"허?"

노형진은 그 말에 기가 막혔다.

그 당시에 살인에 가담하여 주학신을 납치하는 데 사용된 차량은 대포차나 도난 차량이 아니었다.

현지 경찰서장 와이프의 차량이었다.

그걸로 대놓고 납치했다는 것 자체가 애초에 수사가 진행되지 않을 거라는 걸 안 거다.

그런 명확한 증거가 있음에도 그 경찰서장은 물론 와이프도 처벌받지 않았다.

"그런데 그런 인간을 지금 굳이 승진시킨다라……."

"이거 우리 엿 먹으라고 하는 거 맞네만."

"우리가 얼마나 만만하면 이러는 건지, 어이가 없군요."

한국에서 그 문제로 정치권이 얼마나 시끄러운지 필리핀 정부가 모를 수가 없다.

한국 언론에서 현 정권을 까기 위해 거의 초 단위로 기사를 쏟아 내고 있으니까.

그럼에도 불구하고 굳이 대놓고 경찰서장을 승진시킨 목적은 뻔하다.

만만하다는 거다. 그리고 현 정부가 얼마나 호구 취급받는지 증명하는 꼴이고 말이다.

"허허허허."

"왜 웃나?"

"그냥, 너무 어이가 없으니까 웃음이 나옵니다."

적당히 처벌해서 보내 준다면 굳이 끝까지 가지는 않으려고 했다.

하지만 이런 형태로 좆 까라를 시전한다면 노형진이 선택할 수 있는 카드는 하나뿐이다.

"그들이 한국을 만만하게 보니, 만만하지 않다는 걸 보여줘야지요."

"하지만 뭔 수로? 지난번처럼 현상금을 거는 건 불가능할 텐데."

지난번에는 범죄를 저지른 사람들에게 현상금을 내걸어서 해결했지만 이번에는 그렇게는 안 된다.

필리핀 정부에서 전과 다르게 공격적으로 나오고 있으니까.

공식적으로 필리핀은 반군과 전쟁 중이다.

하지만 말이 반군이지 사실상 거의 동네 산적 수준밖에 안 되기 때문에 필리핀 정부의 전복을 꾀하는 건 불가능하다.

"그걸 알기에 지난번에는 제가 단순히 암살을 조건으로 내건 겁니다. 하지만 이번 사건의 담당자들은 정부의 핵심 관계자들입니다. 그런 자들에게는 당연히 경호 인력이 붙지요."

암살은 불가능할 거다.

"그러니 반대의 노선을 탑니다."

"반대의 노선이라고 하면?"

"필리핀에 돈을 줄 생각입니다."

"돈? 지금 돈이라고 했나?"

"정확하게는, 필리핀 정부가 가장 두려워하는 세력에 돈을 줄 겁니다."

"어디 말인가?"

"공산당입니다."

노형진은 씩 웃으며 말했다.

필리핀에도 공산당은 있다.

사실 필리핀 공산당은 고만고만한 반군치고는 규모가 상당하다.

필리핀 대통령 두에른이 공식 석상에서 필리핀이 당면한 가장 큰 문제는 범죄나 마약이 아니라 공산당이라고 말할 정도로 세력이 크다.

하지만 그런 공산당이라고 해서 진짜로 현 정부를 위협할 정도의 힘을 가진 것은 아니다.

섬 몇 개를 점령하고 필리핀 정부와 대치하는 정도일 뿐이다.

노형진의 계획은 그들을 이용해서 두에른을 정치적으로 고립시키는 것.

-그러니까 우리보고 지원 사이트를 개설하라 이겁니까?

필리핀 공산당의 지도자인 파스쿠알은 노형진의 말에 이해가 가지 않는다는 듯 물었다.

"네. 우리 한국에도 지원금을 대가로 정치 변화를 이뤄 내는 국민정치참여 사이트가 있습니다. 정확하게는 해당 사이트의 서버는 해외에 있습니다만, 한국에서 운영되고 있지요."

국민들이 지지하는 정책이나 조건에 지원금이나 현상금을 내걸고 그걸 이룩해 낸 정치인이나 사람에게 돈을 주는 제도는 한국에서 의외로 쉽게 정착했다.

정치인들이 워낙 거짓말을 해 대다 보니 그쪽으로 사람들이 쏠린 것이다.

그리고 그런 시스템이 생기면 정치인들이 그걸 막기 위해 무슨 짓이든 하려고 할 거라는 것쯤은 알고 있었던 노형진은 당연히 그걸 막기 위해 해외에 주소를 두고 사업을 시작했다.

"그러니까 거기다가 안건을 올리는 건 어려운 일이 아니라는 거죠."

—하지만 우리는 필리핀 정부로부터 반군으로 지칭되고 있습니다만.

"그건 필리핀 정부의 이야기죠."

필리핀 정부 입장에서는 반군일지 모르지만 한국인 입장에서는 아니다.

"우리가 내거는 조건은 간단합니다. 해당 사이트를 열고 지원을 요청할 것. 해당 사이트에 들어온 돈은 목표량과 상관없이 무조건 드리겠습니다."

—흠.

그 말에 파스쿠알은 살짝 자존심이 상했지만 동시에 혹했다.

그도 그럴 게, 한국에서 필리핀 정부에 막대한 지원을 해 주고 있는 건 사실이다. 돈뿐만 아니라 선박도 많이 지원해 주고 있다.

그리고 그러한 무기들 때문에 자신들은 필리핀 정부를 이길 방법이 없다.

—그러니까 그 돈으로 무기를 사서 저항하라 이거죠?

"이런, 이런. 오해하지 마세요. 우리는 무기를 사는 게 목적이 아니니까."

—그러면?

"식량과 구호품을 사서 지원하세요."

—식량과 구호품 말입니까?

"네. 식량과 구호품이 엄청 간절할 텐데요. 지금 필리핀도 코델09바이러스 때문에 고통받고 있지 않습니까?"

—그건 그렇지요.

잘사는 나라조차도 생계가 막막해서 자살자가 속출하고 있는 판국이다.

필리핀 같은 나라는 가난해서 하루 먹고살기도 힘들다. 당연히 정부에서 제대로 된 지원도 해 주지 않는다.

현재 필리핀 정부는 국가가 발전하지 못하는 것에 대한 책임을 반군과 범죄 조직 그리고 마약 조직에 뒤집어씌우고, 돈을 자선이나 구제가 아니라 그들의 박멸에 들이붓고 있으니까.

"하지만 우리는 알죠, 진실은 그게 아니라는 걸."

-누구보다 잘 알죠.

파스쿠알은 이를 뿌드득 갈았다.

그도 그럴 게 자신이 공산주의 혁명에 참가한 이유가 뭔가? 바로 그런 필리핀 정부의 짓거리 때문 아니던가?

'웃긴 거지.'

사실 필리핀 정부는 극단적으로 부패한 정부다.

그들은 범죄 조직을 소탕해서 국가를 발전시킨다고 하지만 노형진이 보기에 그건 경쟁 조직을 없애려는 짓일 뿐이다.

'필리핀의 상위 계층이 필리핀의 발전을 반대한다는 건 의외로 잘 알려지지 않은 상황이지.'

사람들은 필리핀이 발전하지 않는 이유를 궁금해한다.

실제로 필리핀은 발전 가능성이 큰 나라다.

섬으로 이루어져 있어서 왕래가 좀 힘들기는 하지만 그래도 관광으로 들어오는 돈도 많고, 인구가 1억이나 되는 데다, 인도처럼 종교적인 나라도 아니라서 외부 공장이 들어가면 값싸게 노동력을 구할 수 있다.

하지만 그럼에도 불구하고 필리핀이 세계에서 그다지 각광받지 못하는 이유는 간단하다.

그 나라의 지도자 계층이 필리핀의 성장을 바라지 않기 때문이다.

필리핀이 성장하면 그만큼 지식인이 늘어나는데, 그들은 자신들이 당한 불이익이 뭔지 쉽게 인식할 수 있다.

지금도 필리핀의 부자들은 부족한 게 없이 살고 있다.

넓은 대지의 저택에서 어마어마한 재력을 뽐내며 경호원을 대동하고 편하게 산다.

그들이 사는 도심은 치안이 좋고 한국 수준으로 물가가 센 편이다. 하지만 돈이 넘치니 상관없다.

그에 반해 대부분의 필리핀 사람들은 치안이 나쁜 지역에서 하루 벌어서 하루 먹고살기 힘들 정도로 가난하다.

"세력을 늘리기에는 지금이 가장 적기죠."

－적기라…….

"우리가 준 돈으로 무기를 산다고 한들 필리핀 정부를 이길 수 있겠습니까?"

불가능하다.

아무리 필리핀이 가난하다지만 한국에서 공여한 제대로 된 군함이 있고, 구세대이기는 하지만 전투기와 탱크가 있다.

반군이 아무리 좋은 무기를 사 봐야 그런 정규군의 무기들을 이길 수는 없다.

당장 그들이 살 수 있는 무기는 잘해 봐야 대전차무기 정도.

"어떤 전쟁이든 결국 민심을 얻는 쪽이 이기는 겁니다."

－그거야 저도 압니다만.

파스쿠알은 다소 곤혹스러운 기색으로 말했다.

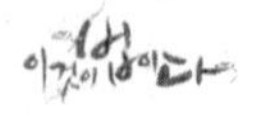

"현재 필리핀은 막달레나 미션이라는 걸 하고 있죠. 그게 뭔지 아시죠?"

-알죠.

막달레나 미션은 쉽게 말해서 공산주의를 박멸하기 위해 필리핀의 유명인이나 미녀에게 공산주의가 나쁘다는 내용의 선동하는 글을 계속 올리게 하는 등의 행위로, 반공산주의 사상을 퍼트려 여론을 선동하는 계획이다.

"애초에 그들은 민심이라는 걸 잘 알고 있습니다. 그리고 그걸 잘 이용하는 거죠."

-우리는 그걸 모른다?

"아닌가요?"

부정할 수 없다.

현재 필리핀 공산당은 무력 투쟁 노선을 선택하고 있다.

"지금 필리핀 내부는 가난한 사람들 위주로 불만이 팽배합니다. 당장 굶어 죽게 생겼는데 현 대통령인 두에르테은 관심이 없어 보이니까요."

물론 주요 도심이나 부자들이 사는 곳은 철저하게 방역하고 난리도 아니지만 가난한 동네나 시골 지역?

그냥 방치 상태라고 봐도 무방하다.

"우리가 돈을 주겠습니다. 그리고 그 돈으로 물건을 사서 배송도 해 드리지요. 당신들은 이름만 빌려주면 됩니다."

-우리야 손해 보는 건 없는데, 당신들이 그러는 이유는

뭐요? 내가 아는 바로는 한국은 철저한 반공산주의 노선을 따르는데.

"맞습니다. 하지만 필리핀은 필리핀이고 우리는 우리죠."

—우리가 공산당이라고 해도?

"중국은 뭐 공산당이 지배 안 한답니까?"

—하긴.

한국에는 입으로는 전 세계 빨갱이를 다 죽여야 한다고 외치는 놈들이 가득하지만 실제로는 이미 달달한 중국 돈의 맛을 보고는 거기 똥구멍을 핥느라고 혈안이 되어 있다.

"목적을 위해서라면 영원한 건 없습니다."

—영원한 건 없다라……. 마음에 드는군.

노형진의 말에 파스쿠알은 고개를 끄덕거렸다.

—좋소, 어차피 우리가 손해 볼 건 없으니.

"그러면 계약이 성립된 걸로 보지요, 후후후."

노형진은 눈을 번뜩거렸다.

⚖

얼마 후 필리핀 공산당의 이름으로 지원 요청이 올라왔다.

그들의 요청은 간단했다.

현재 필리핀 정부는 국민들을 방치하고 자기들끼리 재산을 분배하고 있습니다. 필리핀의 국민들은 하루에도 몇 명씩 굶어 죽고 있는데 정작 필리핀 정부는 그들을 방치하고 있습니다. 우리 필리핀은 다급하게 도움이 필요합니다. 식량과 의약품이 절실하며 또한 생계를 이어 갈 수단이 절실합니다. 코델09바이러스로 인해 필리핀은 고통 속에서 몸부림치고 있습니다. 우리는 무장 노선을 포기하겠습니다. 우리 국민들을 위해 먹을 것과 입을 것을 지원해 주십시오. 우리는 국민들을 지키고 싶습니다.

장황한 글이었지만 내용은 간단했다.

국민들을 위해 먹을 것과 입을 것을 지원해 달라.

사실 이런 글은 흔하게 올라온다.

해당 지원 시스템에 글을 올려서 도움을 받고 싶은 곳들이 한두 곳도 아니니까.

그러니 여기까지는 그저 충분히 있을 수 있는 일이었고, 문제 될 것도 없었다.

하지만 다른 제안들과 다른 것은, 이걸 이슈화하는 게 노형진의 영역이라는 거다.

그대로 묻혀서 사라질 수도 있었던 일을, 노형진은 사람들을 동원해서 키우기 시작했다.

물론 불쌍하니까 도와주자고 하면, 지금 한국의 상황도 좋지 않기에 지원금이 쉽게 들어올 리가 없다.

그래서 노형진은 다른 걸 자극했다.

바로 분노였다.

—필리핀 공산당을 도와서 필리핀을 전복하자.

—한국 국민을 납치해서 죽여 변기에 내려 버리는 나라 따위 망해 버려라.

—대한민국 정부가 국민의 보호를 거부했다. 이제 우리 스스로 지켜야 한다. 필리핀은 위험한 나라다. 차라리 공산당이 더 인간적이다. 최소한 그들은 자국민이 굶어 죽는 걸 방치하지 않는다.

사람은 자기 일이 아니라면 쉽게 이야기하고 또 공격적으로 대한다.

당연히 이런 이야기를 슬슬 뿌리자 이미 분노하고 있던 대한민국의 많은 사람들이 거기에 참가하기 시작했다.

—우리가 여기서 물러나면 필리핀에 갔다가 언제 끌려가서 산 채로 불태워져 변기로 내려갈지 모른다.

—나도 5만 원 기부한다. 법도 원칙도 없는 나라 따위 망해 버려라!

처음에는 선동이었지만 나중에는 사람들이 자발적으로 나서기 시작했다.

필리핀 공산당은 자기 입으로 국가 전복을 이야기한 적이 없다. 도리어 무력 투쟁을 포기할 테니 국민들을 살려 달라고 했다.

그에 반해 필리핀 정부는 한국인을 죽이거나 셋업 범죄의 대상으로 삼고, 그 후에 그 범인들을 처벌조차도 하지 않는 상황.

그리고 그걸 가만히 두고 볼 자유신민당이 아니었다.

필리핀과의 국제 관계? 알 게 뭔가, 자기 정권에 벌어진 일도 아닌데.

―박기훈은 이번 사태에 대해 대답해야 합니다. 국민들이 죽게 내버려 두고 처벌은커녕 그들에게 돈이나 상납하는 박기훈 대통령은 국민들에게 사과해야 합니다!

자유신민당은 기회라고 신나게 물어뜯기 시작했다.

그러자 필리핀 정부도 난리가 났다.

그런 게 올라갔다는 소식은 들었지만 설마 하루 만에 12억, 5일 만에 100억이라는 큰돈이 모일 거라고는 생각도 못 했으니까.

물론 아무리 필리핀 정부가 가난하다고 해도 100억만으로 전복할 수는 없다.

하지만 상대방은 공산당이다.

필리핀 정부가 가장 꺼림칙해하고 또한 가장 박멸하고 싶어 하는 집단.

그들에게 100억이라는 돈은 절대로 작은 금액이 아니다.

더군다나 차라리 무기를 사면 전투기라도 동원해서 때려 부수면 그만인데, 식량과 의약품을 산단다.

어떻게 해서든 국민들과 거리를 두게 하기 위해 선동 작업을 하던 필리핀 정부 입장에서는 곤혹스러울 수밖에 없었다.

당연히 그들은 다급하게 한국 정부에 항의했다.

그리고 그날 저녁.

새론으로 평소 보던 사람이 찾아왔다.

"어쩐 일입니까, 김 요원?"

"각하께서 기다리고 계십니다."

"그래서요?"

노형진의 말에 김 요원은 살짝 당황하는 눈치였다.

하긴, 대통령이 기다린다는데 '그래서요?'라니?

"대통령 각하께서 긴급하게 뵙고 싶다고 합니다."

"그래서요? 제가 가야 하나요? 대통령은 선출직 공무원일 뿐입니다만."

"하지만 자문 위원으로서 상황이……."

"각하께서 말씀하시지 않던가요? 저, 자문 위원 그만뒀습니다만."

노형진이 단호하게 말하자 김 요원은 곤혹스러워했다.

하긴, 노형진이 자문 위원을 그만뒀다는 걸 굳이 세상에 알릴 이유는 없으니까.

"이번 한 번만 부탁드립니다."

결국 김 요원이 할 수 있는 말은 그것뿐이었고, 노형진은 어쩔 수 없다는 듯 고개를 끄덕거리고는 차량에 올라탔다.

그리고 차 안에서 전화를 걸어 자신의 안위에 무슨 일이 터지면 한국을 작살내라고 마이스터에 이야기했다.

물론 무슨 일이 벌어질 거라고 생각하지는 않지만 그래도 일종의 경고를 한 거다.

그렇게 청와대에 들어가자마자 박기훈은 노형진에게 따지듯 물었다.

"이거 자네가 한 거지?"

"그렇습니다만."

"자네 미쳤나? 필리핀하고 전쟁이라도 하자는 거야? 지금 필리핀 대사가 항의하고 갔네."

"사과가 아니라 항의를 한다고요? 아직 정신 못 차렸군요."

"아니, 지금 이게 사과할 일인가?"

"할 일이죠. 지금 꼴이 왜 이렇게 된 건지 그쪽에서 모르지는 않을 텐데요?"

애초에 그들이 공정하게 법 집행만 했다면 이런 일은 없었다.

그런데 국가 간의 약속마저도 저버리고 최측근이라는 이유로 처벌조차 하지 않았다.

"제가 원하는 건 하나뿐입니다, 범죄자들의 처벌. 저들이 못 하겠다면 인도하라고 하세요."
"그게 국제적으로 말이 된다고 생각하나? 그건 내정간섭이야!"
"그 잘난 내정간섭을 우리가 당하는 건 입 닥치고 있으면서 다른 나라 눈치는 왜 봅니까?"
"뭐?"
"우리나라는 실질적인 사형 폐지국이지요. 그리고 다른 나라에서는 한국에서 사형한다고 하면 단교한다고 지랄합니다. 하지만 그 나라들이 필리핀과 단교했습니까? 아니지 않습니까?"
"그건……."
한국에서 사형은 법에서 정한 처벌이다.
하지만 실질적인 사형 폐지국으로 분류되며 수십 년간 사형이 집행되지 않았다.
"그들의 요구는 내정간섭이 아닌가요?"
"……."
"필리핀에서 경찰이 시민들을 쏴 죽이고 다른 나라의 국민들을 죽여서 변기에 내리는 건 괜찮은데, 한국에서 범죄자를 사형시키지 말라고 했다고 눈치 보는 건 아니지 않습니까?"
"국제 관계라는 게……."
"헛소리하지 말라고 하세요. 국제 관계라는 건 결국 법과 신뢰 위에서 이루어지는 겁니다. 그리고 그걸 먼저 내동댕이

친 건 필리핀입니다."

노형진의 말에 박기훈은 갑갑해졌다.

"우리가 잘났다고 갑질해야 한다고 생각하는 건가?"

"그런 식으로 논점을 흐리지 마시죠. 우리가 원한 건 공정한 처벌입니다, 갑질로 죄도 없는 사람들을 죽여 달라는 게 아니라."

"하지만 필리핀 정부는 그럴 생각이 없단 말일세."

"그러면 지원금을 끊어야지요. 애초에 처음에 협상한 결과가 그거 아니었습니까? 처벌이 제대로 이루어진다면 지원금이 제공되고, 처벌이 제대로 이루어지지 않는다면 지원금을 끊는다."

"하지만 그런 소리를 해 봐야 의미가 없어. 지금 필리핀에는……."

"압니다. 중국에서 막대한 지원금을 받고 있죠."

상황이 달라진 것. 그건 바로 중국 때문이다.

과거만 해도 필리핀은 반중 성향이 강한 나라였다.

하지만 두에른 대통령은 친중 성향으로 돌변했고 지금은 막대한 돈을 중국에서 받아 챙기고 있다.

지금에 와서 대한민국이 필리핀에 주는 돈? 사실 필리핀은 그 돈이 필요 없다.

"하지만 국제사회의 규칙은 지켜야지요."

"그래서 필리핀이랑 전쟁이라도 하자 이건가?"

"우리가 왜 전쟁을 합니까?"

노형진은 어깨를 으쓱했다.

"우리는 자선을 하는 것뿐인데요."

"그 돈이 무기를 사는 데 들어갈 거 아닌가!"

"무기가 아니라 식량과 의료용품을 사는 데 들어갈 겁니다."

"그걸 어찌 안단 말인가?"

"세계복지재단에서 들어갈 거니까요."

노형진이 바보도 아니고, 공산당에 돈을 주면 그들이 무기를 살지 빼돌릴지 알 수 없다.

노형진이 원하는 건 필리핀 내부의 전쟁이 아니라 필리핀 국민의 생존과 그들의 혼란이다.

세계복지재단이 끼어들면 식량과 의약품만 들어갈 테고 그걸 빼돌릴 수는 없다.

"하지만 그러면 필리핀 공산당의 세력이 강해진단 말일세!"

"그게 싫으면 처벌하라고 하세요."

노형진은 물러날 생각이 없었다.

그리고 그런 노형진의 말에 박기훈은 답답해 죽을 것 같았다.

"국제 관계라는 게 그렇게 쉬운 게 아니지 않나!"

"저는 한 나라가 다른 나라에 호구가 되어서 범죄자 처벌도 요구하지 못하는 걸 국제 관계라고 부르지는 않습니다."

"결국 끝까지 이걸 하겠다는 건가?"

"아니요."

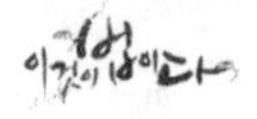

노형진은 단호하게 말했다.

"더할 겁니다. 이건 이제 시작일 뿐입니다."

그 말에 박기훈은 얼굴이 사정없이 일그러졌지만 직감적으로 알 수 있었다.

노형진을 말릴 수 없다는 것을.

다음 권으로 이어집니다

ROK
MEDIA
로크미디어

ROK
MEDIA
로크미디어